Georg Pichler

Schimpfen in Österreich

Saftige Gemeinheiten
von Grillparzer bis Jelinek

UEBERREUTER

Georg Pichler
Geboren 1959 in Judenburg. Lebt in Bad Vöslau und Graz. Redakteur der Bibliothekszeitschrift »Bücherschau«. Zuletzt erschienen: »Alle heiligen Zeiten. Roman« (Edition Atelier, 2000), »Die Beschreibung des Glücks. Peter Handke. Eine Biografie« (Ueberreuter, 2002).

ISBN 3-8000-3909-5

Covergestaltung: Maria Schuster

Druck: Theiss, A-9431 St. Stefan i. L.
1 3 5 7 6 4 2

Ueberreuter im Internet: www.ueberreuter.at

INHALT

MOTTI

Ich bin gemein geworden, aus lauter Furcht, nicht überspannt zu werden.
Franz Grillparzer, Tagebuch (1826)

... es kann so schlimm sein, wie es will, Lügen, Kraftworte, Flüche, Unanständigkeiten jeder Art, Schimpfworte aus abgelegenen und wenig bekannten Sprachen, selbst was er nicht versteht, merkt er sich genau und liefert es unverändert aus, wenn es gewünscht wird.
Elias Canetti, Der Ohrenzeuge (1974)

»Was reden die Leute über mich?«, fragte er. »Sagen Sie: der Idiot? Was reden die Leute?«
Thomas Bernhard, Frost (1963)

Ich bin kein Politiker, sondern ein Amokläufer. Aufbrausend, gefährlich, ganz allein dastehend und darum nicht zu berechnen.
Peter Handke, Gespräch mit Heinz Sichrovsky (1989)

Ich werde als Österreichbeschimpfer beschimpft, ich beschimpfe Österreich nicht, ich mache mir Gedanken.
Gerhard Roth (1987)

EIN KLEINES LOB DES SCHIMPFENS

Wenn S' den Wilden spielen, sagte Frau Pichler, dann kriegen S' heut zu Mittag keine Knödel.
Hans Lebert, Die Wolfshaut (1960)

Das Ritual des Schimpfens, des (so der Duden) mit »heftigen Worten« unbeherrscht um sich Schmeißens, des deutlichen, ungeschminkten Zeigens von Unwillen oder Ärger, des Zufügens von Demütigung, Beleidigung oder Schmach, und auch der heilige Zorn, hat – gewissermaßen selbstverständlich – selbst keine gute Nachrede.
Der Wortstamm lässt sich auf das mittelhoch- und althochdeutsche *schimph* und *scimph* zurückführen und bedeutete Scherz, Kurzweil und konnte außerdem ein Kampfspiel bezeichnen (»Stich-Worte«). So wundert es denn auch nicht, wenn Thomas Bernhard dieses vor allem brutale und zugleich diffizile Ritual des Schimpfens als überaus legitime (auch) künstlerische Überlebens-Methode ansieht: »Die Welt besteht ja aus Hinhauen. Wenn Sie nicht irgendwann irgendwo hinhauen, dann sind Sie zum Staubkörnlein gemacht und gar nimmer da. Besonders die, die dauernd reden, man soll Rücksicht nehmen, ja nix tun, die hauen ja besonders gern hin. Allerdings im Hintergrund. Die Leute haben einen Riesen-Vorschlaghammer, aber hinterm Vorhang. Vorn ist das liebe Gsichtl, hinten wird hingehaut. Wer existiert, muss ja irgendwann hinhauen. Sie müssen sich als Kind ja schon wehren. Kriegen Sie so ein Kindheits-

spielzeug ins Wagerl geworfen, und wenn Sie das nicht oft genug der Mutter oder dem Vater, den lästigen Leuten, ins Gesicht schmeißen, schon als Kind, gehn Sie schon unter«, wollte er in einem Gespräch 1987 Krista Fleischmann überzeugen. Und lieferte dabei, Wesentliches seines Lebens und Denkens und Schreibens analysierend, eine Art Legitimation all seiner Äußerungen (und gleich aller anderen in diesem Band) mit: »Ich bin immer froh, wenn wer auf mich hinhaut, weil ich dann dreifach zurückhauen kann. Das macht dann erst stark. Sonst würde man ja an totalem Muskelschwund leiden, körperlich und auch geistig gesehen ...«

Eine Anthologie des Schimpfens, insbesondere in Österreich, ist ohne Thomas Bernhard, den Beschimpfungsvirtuosen schlechthin (man beachte bei ihm auch die Bedingung des gleichsam grenzenlosen Übertreibungswillens), nicht denkbar. Für Bernhard war das Schreiben dem Interview in seiner Bedeutung durchaus adäquat; die mündliche Äußerung (er achtete genau auf dementsprechend wirksame Wiedergabe) war bei ihm eine artistisch hochgezirbelte Kunstform wie bei sonst kaum jemanden in Österreich. So ist logischerweise auch der Band 22 (der letzte) der ersten Thomas-Bernhard-Werkausgabe dem »öffentlichen Bernhard« gewidmet, seinen Äußerungen und deren Wirkungen.

Und Bernhard kann (trotz dieser Konkurrenz!) bislang als *der* unangefochtene grandiose österreichische Schimpfvirtuose gelten. Jedoch war er nicht der erste und auch nicht der letzte österreichische Schriftsteller, der sich in dieser Kunstform auszeichnen konnte. Schon seit jeher, so scheint es, waren die österreichischen Dichter geborene »Nestbeschmutzer«, also Österreich-Kritiker und -Beschimpfer. Eine faszinierende Traditionslinie von beispielsweise Abraham a Sancta Clara, Franz Grillparzer, Johann Nestroy, Ferdinand Kürnberger, Karl Kraus eben bis zu Thomas Bernhard, Peter Handke, Gerhard Roth, Peter Turrini und Elfriede Jelinek ziehend. Dieses Büchlein, diese naturgemäß schadenfrohe Collage, kann nicht zuletzt als Orientierungshilfe dienen. Also: Lauter Gemeinheiten, Beleidigungen und Niederträchtigkeiten in einem, wie's auch sein soll, sowohl ärgerlichen wie auch witzigen kleinen Kompendium genialen Maulzerreißens, einem Handbuch möglicher Tricks und Untergriffe, dargebracht von Meistern des Spotts und des Hohns. Ein kleiner Auszug bloß, eine kleine Anthologie, was mir halt grad in die Hände kam: je drastischer, desto besser, je boulevardesker, desto ergiebiger.

So ein Buch muss ja beleidigend, gemein und ordinär sein. Sonst hat so ein Titel gar keinen Sinn.

Georg Pichler, der seinen Spaß daran hatte, zu Mariä Empfängnis 2003

01 ÖSTERREICH, AUSTRIA, L'AUTRICHE – EITERBEULE EUROPAS

(Stich-Wort: Österreich)

ALPENSZENE
Hoch auf den höchsten Höhen
Gedeiht am besten das Rindvieh,
Da wohnen die seligen Trotteln
Dem Himmel etwa am nächsten;
Doch freilich am fernsten der Erde!

Sie falten die Hände voll Andacht,
Bekreuzen hohltönende Stirnen,
Was unten geschieht in den Tälern
Stört nicht ihre selige Ruhe.

So leben sie friedliche Tage,
Erzeugen maulaffende Kinder,
Der Vater erneut sich im Sohne
Und ruhig auf Trottel den Ersten
Wie Butter, folgt Trottel der Zweite!
Franz Grillparzer, Alpenszene (1838)

GRAZ
In Graz hab' ich nie Luft bekommen / die schlechteste Luft ist in Graz / die Leute behaupten immer in Linz / aber die schlechteste Luft ist in Graz / [...] / In Graz ist nur der Stumpfsinn zu Hause [...] / In Graz leben nur Alte und Dumme / hat der Professor immer gesagt / ich

verstehe nicht / dass es Leute gibt, die von Graz begeistert sind / [...] / In Graz muss niemand gewesen sein.
Thomas Bernhard, Heldenplatz (1988)

Ich habe Graz immer verabscheut. Graz ist ein Schädelkarner, eine Nazihochburg. [...] Graz hat sich überhaupt keine Verdienste auch nur um einen seiner Künstler erworben [...] Man hat mich in Graz künstlerisch umbringen wollen.
Gerhard Roth (1987)

KÄRNTEN
In meinem Flächenwidmungsplan ist der größte Teil Kärntens nicht berücksichtigt. Ich liebe rundliche Formen und brauche kein deutsches Eck.
Günter Brus, Nach uns die Malflut! (2003)

NATIONALSOZIALISTISCH
Die schönsten Gegenden Österreichs / haben immer die meisten Nazis angezogen / Salzburg, Gmunden, Altaussee / das sind nichts als Nazinester.
Thomas Bernhard, Elisabeth II. (1987)

In Österreich musst du entweder katholisch / oder nationalsozialistisch sein / alles andere wird nicht geduldet / alles andere wird vernichtet.
Thomas Bernhard, Heldenplatz (1988)

Ich sage, dass mehr als 50 Prozent der Österreicher, zumindest fragmentarisch, nationalsozialistisches Ge-

dankengut im Kopf haben. Das heißt nicht, dass 50 Prozent der Österreicher Nazis sind, aber dass sie aus dem einen oder anderen Grund keine Berührungsscheu vor rechtsextremem Gedankengut haben.
Gerhard Roth (2000)

ÖSTERREICH
Fliehen will ich diß Land der Erbärmlichkeit, des Despotismus, und seines Begleiters der dummen Stumpfheit, wo Verdienste mit der Elle der Anciennität gemessen werden, wo man nichts genießen zu können glaubt, als was essbar ist, und wo ein Collin als Matador geachtet wird, wo Vernunft ein Verbrechen ist und Aufklärung der gefährlichste Feind des Staates, wo ein Schwachkopf auf dem Thron und Esel an seiner Seite und Diener in seinem Sinne höchstens die kahle Mittelmäßigkeit keimen lassen, das Ausgezeichnete aber ausrotten, weil sie fürchten von ihm überwachsen zu werden.
Franz Grillparzer, Tagebuch (1810)

Auch der geistige Zustand meines Vaterlandes und die obwaltende Gemeinheit vergiftet das Innere meiner Seele.
Franz Grillparzer, Tagebuch (1826)

Der Minister des Äußern / Kann sich nicht äußern,
Der Minister des Innern / Ist schwach im Erinnern,
Der Kriegsminister / Trägt Szepter und Kron' im Tornister,
Der Minister der Finanzen / Muss nach jedes Pfeife tanzen,
Der Minister des Handels / Ist unsichtbaren Wandels,
Der Minister der Justiz / Hat nicht Stimme, nur Sitz,

Der Minister des Kultus / Ändert cultus in stultus,
Der Chef der Polizei / Schüttelt den Kopf dabei.
Franz Grillparzer (1851)

Der österreichische Staat hat sich rekonstruiert d. h. mit einigen neuen aufgedrungenen Formen auf die alten Grundlagen wieder hergestellt: Gewalt und Dummheit.
Franz Grillparzer, Tagebuch (1852)

Feig ist es, schlaff, schlotterig, waschlappig, mattherzig, schwachmütig, kraftlos, nervlos, energielos, widerstandslos, Mangel an Mut, Männlichkeit, Wahrhaftigkeit, Mangel an Kern, Härte, Festigkeit, an Prall und Gegenprall, alles Fladen, nichts Stahl und Stein. Euer ewiges Bedürfnis, liebenswürdig zu sein und den Charmanten zu spielen und gute Gesichter zu zeigen und von Freundlichkeit, Nachgiebigkeit, Gefälligkeit, Wohldienerei und Lieb-Kindwesen zu überfließen, das ist der slawische Blutstropfen in euch, die Buhlerei, die wollüstelnde Sinnlichkeit, das Weibertemperament, die Weiberschwachheit und Weiberweichheit. Ein weibliches Volk seid ihr, kein männliches. Nennt euch nicht Deutsche. Der Deutsche kann nein sagen, der Deutsche stellt seinen Mann ...
Ferdinand Kürnberger (1877)

Erlauben Sie mir, dass ich vor 99/100stel meiner geehrten Zeitgenossen und namentlich meiner »engeren« Landsleute ausspucke.
Friedrich Schlögl

Österreichisch: Warum bist denn so traurig? – Mei Frau

is ma gesturbn – Aber geh' leck mi im Arsch ... (Es ist wie: Hals- u. Beinbruch! Der gleiche Psychismus).
Robert Musil, Tagebücher (1937)

Aufwachen in Österreich heißt, in eine stickige Atmosphäre der Geistfeindlichkeit und der Gefühlsroheit hinein aufwachen, in Stumpfsinn und Niedertracht. Zuschauen müssen, wie das primitive Geschäft seine (Österreichs) Oberfläche zerstört und wie an dem gleichen primitiven Geschäft (seiner Machthaber) seine Tiefe verfault ist, kann nur Entsetzen sein. [...] Der Österreicher findet sich mit jeder Tatsache ab, oder er geht zu Grunde, wenn er nicht dadurch längst zu Grunde gegangen ist, dass er sich abgefunden hat. Ein Volk von Träumern, Lebensdilettanten, ist leicht in die Irre zu führen und auszunützen.
Thomas Bernhard, Zum Österreichischen Nationalfeiertag 1977; als Beitrag für die Anthologie »Glückliches Österreich« (1978) geschrieben; der Text wurde jedoch zurückgezogen, weil der Verleger eine Klage befürchtete)

Österreich / Austria / L'Autriche / Es kommt mir vor / als gastierten wir / in einer Senkgrube / in der Eiterbeule Europas / *winkt den Wirt heran / flüstert diesem ins Ohr* / Hier stinkt ja alles / Ein fürchterliches Wiedersehen / mein Herr / *wieder laut* / An jeder Ecke / dreht es einem den Magen um / Wo ein Wald war / ist eine Schottergrube / wo eine Wiese war / ist ein Zementwerk / wo ein Mensch war / ist ein Nazi / [...] Dieses Land / ist das Papier nicht wert / auf dem seine Prospekte gedruckt sind.
Thomas Bernhard, Der Theatermacher (1984)

Die Österreicher, als die geborenen Opportunisten, sind Duckmäuser, und sie leben vom Vertuschen und Vergessen.
Thomas Bernhard, Alte Meister (1985)

Lauter liebe Leut, aber bösartig und unwichtig und katholisch.
Thomas Bernhard, Gespräch mit Krista Fleischmann (1986)

Die Österreicher haben nicht den geringsten Geschmack, jedenfalls schon lange Zeit nicht mehr; wo man hinschaut, herrscht die allergrößte Geschmacklosigkeit. Und was für eine allgemeine Interesselosigkeit. Als ob der Mittelpunkt nur der Magen sei, sagte ich, und der Kopf völlig ausgeschaltet. Ein so dummes Volk, sagte ich, und ein so herrliches Land, dessen Schönheit andererseits unübertroffen ist. Eine Natur wie keine zweite und so an der Natur desinteressierte Menschen. Eine so hohe Kultur von alters her, sagte ich, und eine solche barbarische Kulturlosigkeit heute, eine verheerende Unkultur.
Thomas Bernhard, Auslöschung. Ein Zerfall (1986)

Wie mich vor allem hier ekelt / [...] / der Staat eine Kloake stinkend und tödlich / die Kirche eine weltweite Niedertracht / die Menschen um einen herum / abgrundtief hässlich und stumpfsinnig / der Bundespräsident ein verschlagener verlogener Banause / und alles in allem deprimierender Charakter / der Kanzler ein pfiffiger Staatsverschacherer / [...] / der Bundeskanzler tritt im Nadelstreifenanzug an das Podium / und faselt von Genossen / die Gewerkschaftsführer jonglieren / in ihren Salzkammergutvillen mit Milliarden / und sehen ihre Hauptaufgabe in skrupellosen Bankgeschäften.
Thomas Bernhard, Heldenplatz (1988)

Österreich selbst ist nichts als eine Bühne / auf der alles verlottert und vermodert und verkommen ist / eine in sich selber verhasste Statisterie / von sechseinhalb Millionen Alleingelassenen / sechseinhalb Millionen Debile und Tobsüchtige / die ununterbrochen aus vollem Hals nach einem Regisseur schreien / Der Regisseur wird kommen / und sie endgültig in den Abgrund hinunterstoßen / Sechseinhalb Millionen Statisten / die von ein paar verbrecherischen Hauptdarstellern / die in der Hofburg und auf dem Ballhausplatz sitzen / an jedem Tag vor den Kopf / und am Ende doch wieder nur in den Abgrund gestoßen werden / Die Österreicher sind vom Unglück Besessene / der Österreicher ist von Natur aus unglücklich / und ist er einmal glücklich schämt er sich dessen / und versteckt sein Glück in seiner Verzweiflung.
Thomas Bernhard, Heldenplatz (1988)

Es herrschte Reservat-Atmosphäre, aufbereitet für heimlich gehasste, in ihren weiblichen Teilnehmern aus Rache erniedrigte Touristen aus dem westlichen (ehemals gegnerischen) Ausland. In dieser Ranküne-Küche der Landschaftsverödung und des schwitzenden Fremdenhasses, der sich die saisonweise Besetzung durch das Ausland teuer abgelten lässt, bekam das Ausland zum Dank das gebuchte Österreich zu Gesicht, ein von der russischen Besatzungsmacht befreites, dankbares, unterwürfiges, geldgieriges Operetten- und Biskuit-Museum.
Marie-Thérèse Kerschbaumer, Die Fremde (1992)

Diese eigene Welt war ein Österreich, in dem man sich auch ohne Russen und Engländer besetzt fühlte, von den Besatzungsmächten der materiellen Not, der Herzens-

kälte der Religion, der Gewalttätigkeit von Traditionen, der brutalen Gespreiztheit der Obrigkeit, die mir nirgends fetter und stumpfsinniger erschienen als in Österreich.
Peter Handke, Vorläufige Bemerkungen zum Staatsvertragsjubiläum (1975)

Alles, was man so in den Zeitungen und im Fernsehen sieht, ist von einer tödlichen Trivialität. Die Leute werden durch die Dummheit der Zeitungen und des Fernsehens fleischlich getötet. In dem Milieu, wo ich geboren bin, gab es keine Erziehung, keine Kultur. Die so genannte Kultur waren die Zeitungen und das Radio. Man war von all dem sehr abhängig. Es war wirklich eine stille Ermordung. Das hat Ekel in mir hinterlassen, auch vor mir selbst, weil ich abhängig von den Zeitungen war.
Peter Handke, Vision von Österreich (1978)

Aber wir werden uns von solch machthabenden, geistfeindlichen Staatsmännlein nicht davon abbringen lassen, dieses Land Österreich zu lieben, und dieses Volk hier zu lieben, das heißt die vielen Vereinzelten, welche ohne Gruppenzwang leben, ohne Meutendrang, Zotenhang, Grinsgeselligkeit.
Peter Handke, Eine andere Rede über Österreich (1985)

Unser Volk, musste ich weiter denken, ist das erste unabänderlich verkommene, das erste unverbesserliche, das erste für alle Zukunft zur Sühne unfähige, umkehrunfähige Volk der Geschichte.
Peter Handke, Versuch über die Müdigkeit (1989)

Der Österreicher liebt seinen Wein mehr als seinen Musil. Der Wein hat nämlich zur Folge, dass man sich selbst vergisst, während Musil einen an sich erinnert. Außerdem weiß der Österreicher nicht, was ein Künstler ist. Er glaubt immer, die Schauspieler sind Künstler, er verwechselt die reproduzierenden mit den schöpferischen. Das heißt, die schöpferischen kennt er gar nicht. Ihm ist jeder Affe in Schönbrunn lieber als der Franz Kafka. Wir haben großartige Künstler, aber bei uns akzeptiert man nur den Künstler, den man nicht mehr umbringen kann, weil er durch seine Anerkennung im Ausland schwer angreifbar ist, oder die dritte Garnitur. Die dritte Garnitur lobt die dritte Garnitur hoch.
Gerhard Roth (1987)

Betrachtet man die Entwicklung der letzten 70 Jahre, so ist die österreichische Identitätsschwäche kein Wunder, und es ist nur logisch, dass der eine Nachbar der PIEFKE ist, der andere der TSCHUSCH und der dritte der KATZELMACHER. Den einstigen Hochmut konnte man sich nicht mehr leisten. Wir stehen vor dem Beginn der Hochblüte der österreichischen Kleinbürgermonarchie. Der Kaiser, der König war jetzt jeder selbst. Er hasste alles, was mehr war als er, was oben war ...
Gerhard Roth, »Was für den einen das Paradies ist, kann für den anderen die Hölle sein« (1987)

Ein großer Teil der Österreicher steht der Kunst aggressiv gegenüber. Man hat manchmal das Gefühl, dass sie die Künstler steinigen oder verbrennen wollen.
Gerhard Roth (1995)

Ihr stinkt nach Tugend, wo Ihr nach Verbrechen duften könntet. Ihr hinkt mit Geduld, wo Ihr mit Bosheit treten könntet. Ihr krümmt euch vor Achtung, wo euch die Verachtung doch so herrlich aufrichten würde, und selbst im Scheißen seid Ihr noch pünktlich. Oh Gott, das Gute, das Wahre, das Schöne hat euch böse zugerichtet. Arschkekse, besoffene Medientrinker, Fremdgänger der Sinne ...
Peter Turrini, Rede an die besoffene Nation (1972)

Mir sind eher national einstellt. Wenn einen kein Mensch mehr versteht, des is national. [...] Mir sprechen halt in der internationalen Sprach der Musik zu eahnen. Mir jodeln und dalken, mir toben als Falken. Auf die Schi! Und dann schau ma uns im Fernsehn an. Wenn man keine Bürger mehr hat, dann muass man sich halt selber anschaun, gellns ja.
Elfriede Jelinek, Präsident Abendwind (1988)

Es ist doch so schön in Österreich, die Fremden sollen nur kommen, aber die, die kein Geld haben, lassen wir nicht herein.
Elfriede Jelinek, Totenauberg (1992)

PARLAMENT
Wo der Streit des Tages wütet, wo der Eigennutz der Mächtigen schreit, wo bar der Menschenwürde und Vernunft die balgen im wüsten Rausche des Erfolges oder im hasserfüllten Knirschen der Ohnmacht! Wo bisweilen eine meutenhafte Hetze sich entwickelt zu einem öffentlichen Hohn der Gesittung.
Peter Rosegger

Die Regierungen, die wir in den letzten Jahrzehnten gehabt haben, waren zu jedem Verbrechen an diesem Österreich bereit und sie haben an diesem Österreich jedes nur denkbare Verbrechen begangen, unter Ausnützung dieses von Natur aus verschlafenen Volkes die Gemeinheit und die Brutalität schließlich zu der einzigen Kunst gemacht, die sie beherrschen und die sie bewundern und in die sie tatsächlich vernarrt sind. [...] Das Parlament des heutigen Österreich ist auf dem politischen Unrat in diesem Lande ein luxuriöser und kostspieliger, lebensgefährlicher Wurstelprater, und die Regierung ist eine ebenso teure Dummköpfelotterie.
Thomas Bernhard, Zum Österreichischen Nationalfeiertag 1977

PROFESSOREN
Mein Beitrag zur Eindämmung der Professoreninflation in Österreich: Es gibt ja schon viel mehr Professoren als Kellner und Kellnerlehrlinge zusammen. Die Quelle dieser Ekel erregenden Professorenseuche ist vor allem das so genannte Kunst- und Unterrichts- und Sportministerium, das jährlich Tausende und Abertausende von lächerlichen Professoren- und anderen Titeln ausschüttet und das ganze arme Österreich mit seiner übelstinkenden Unterrichts- und Kunst- und Sporttitelsauce übergießt.
Thomas Bernhard, Stellungnahme für die ORF-Sendung »Zeit im Bild« (1986)

SALZBURG

Der Geist dieser Stadt ist das ganze Jahr über ein katholisch-nationalsozialistischer *Un*geist und alles andere Lüge. Im Sommer wird unter dem Namen Salzburger Festspiele in dieser Stadt Universalität geheuchelt, und das Mittel der so genannten Weltkunst ist nur ein Mittel, über diesen Ungeist als Perversität wegzutäuschen, wie alles in den Sommern hier nur ein Wegtäuschen und ein Wegheucheln und ein Wegmusizieren und Wegspielen ist, die so genannte Hohe Kunst wird in diesen Sommern von dieser Stadt und ihren Einwohnern für nichts anderes als für ihre gemeinen Geschäftszwecke missbraucht, die Festspiele werden aufgezogen, um den Morast dieser Stadt für Monate zuzudecken.
Thomas Bernhard, Die Ursache (1975)

Salzburg ist halt ein Nest, ein sehr schönes, aber die Innereien, die sind halt wirklich scheußlich. Wenn ma da aufg'wachsen is', das lasst einen nicht aus.
Thomas Bernhard, Ansichten eines unverbesserlichen Weltverbesserers (Niklas Frank, 1982)

Eine einzige Architekturscheußlichkeit, in welcher die Salzburger als katholische und nationalsozialistische Juden- und Ausländerhasser in ihrer schauerlichen Leder- und Lodentracht zu zehntausenden hin- und herrannten.
Thomas Bernhard, In Flammen aufgegangen (1983)

Sehr geehrte Redaktion,
gestern las ich wieder einmal in Ihrer Zeitung meinen Namen unter den so genannten Kandidaten für das Amt

des Theaterzuständigen bei den Salzburger Festspielen. Ich erkläre nun ein für alle Mal, dass ich das Amt, Straßenkehrer auf dem Mönchsberg zu sein, vorzöge.
Mit freundlichen Grüßen,
Peter Handke, Brief an die »Salzburger Nachrichten« (1984)

Aus Salzburg quetscht der Karajan
Zu Ostern auße, was er kann,
ab Juli melkt er nach die Kuah –
ein Leben für
die Hochkultur!

Es scheißt der Herr von Karajan
Bei jedem falschen Ton sich an
Und wascht sein Arsch im Goldlawur –
Anal sein g'hört
zur Hochkultur!
Fritz Herrmann, Trara Trara die Hochkultur! (1977)

Aber in Salzburg kann man kein Gespräch unter Kollegen führen. Dort ist alles öffentlich, dort wird alles vermarktet. [...] Salzburg ist Scheiße.
Peter Turrini, West-Ost-Dialog (1990)

SLOWENISCH
Ich habe gedacht: Ihr habt die Slowenen immer verachtet, wie ihr die Juden immer verachtet habt, weil sie sich willenlos haben abschlachten lassen. Und jetzt schießen sie, so wie die Juden dann angefangen haben, und auf einmal steigen sie in der Achtung. Das ist ein scheußli-

ches Phänomen. Die alten Faschisten, die scheußlichsten Kreaturen von Europa, findet man in den Grenzländern von Kärnten und Steiermark, die widerlichsten Überbleibsel, die auch die Söhne und Töchter anstecken. Auf einmal sind diese Lederhosenkiller von ihren zuvor noch verachteten Slawenknechten begeistert.
Peter Handke, Gespräch mit Christian Ankowitsch (1991)

Ich bin in Kärnten aufgewachsen und habe des Öfteren erlebt, dass besoffene Bauern im Dorfgasthaus durchdrehten, wenn slowenische Schriftstellerkollegen mich besuchten und am Wirtshaustisch slowenisch redeten. Sie brüllten vom Nebentisch her, dass hier deutsch geredet werde, aber diesen Satz brüllten sie auf Slowenisch.
Peter Turrini, Gespräch mit Marion Tiedtke (2000)

SOZIALISMUS
Hier haben selbst die, die sich Sozialisten nennen, ein Begriff, der sich mit dem Hochgebirgsboden und insbesondere mit dem salzburgischen Hochgebirgsboden überhaupt nicht vertragen kann, nationalsozialistische und katholische Züge in einem. Jedenfalls ist diese Menschenmischung als solche jeden Tag für den Besucher erkennbar, und sie demonstriert in jeder ihrer Handlungsweisen eine katholisch-nationalsozialistische Geisteshaltung.
Thomas Bernhard, Die Ursache (1975)

... dieser größenwahnsinnige Sozialismus / der mit Sozialismus schon seit einem halben Jahrhundert / nichts

mehr zu tun hat / was die Sozialisten hier in Österreich aufführen / ist ja nichts als verbrecherisch / aber die Sozialisten sind ja keine Sozialisten mehr / die Sozialisten heute sind im Grunde nichts anderes / als katholische Nationalsozialisten / den Sozialismus haben die österreichischen Sozialisten / schon in den frühen fünfziger Jahren umgebracht / seither gibt es in Österreich keinen Sozialismus mehr / nur noch diesen Ekel erregenden Pseudosozialismus / [...] / die Sozialisten sind heute die Ausbeuter / die Sozialisten haben Österreich auf dem Gewissen / die Sozialisten sind die Totengräber dieses Staates / die Sozialisten sind heute die Kapitalisten / die Sozialisten die keine Sozialisten sind / sind die eigentlichen Verbrecher an diesem Staat / dagegen ist ja dieses katholische Gesindel geradezu unerheblich / Wenn es heute in Österreich wieder fast nur Nationalsozialisten gibt / so sind daran nur die Sozialisten schuld / Wenn Österreich heute ein so heruntergekommenes Volk / und ein so unansehnliches durch und durch verderbtes Land ist / so verdanken wir das diesen feisten und fetten Pseudosozialisten / pseudosozialistische Perfidie als Demokratie das ist es.
Thomas Bernhard, Heldenplatz (1988)

WIEN
Wien ist immer eine der verrottetsten Theaterstädte der deutschen Nation gewesen. Eine Theaterstadt für alles Nebenbei und Hintenherum des Theaters, aber nicht für seine Kunst. Sie ist verrottet, weil sie alles, was Ansatz zu hohem Wuchs zeigt, sorgsam von den Schling- und Schliefgewächsen niederdrücken lässt.
Robert Musil (1921)

Warum, glauben Sie, werden grad in Wien Künstler so zerstört, wie Sie schreiben? –
Na, weil hier in Wien die bösartigsten Leut sind, die auf der Welt existieren, nicht?
Thomas Bernhard, Gespräch mit Krista Fleischmann (1984)

Wien ist eine fürchterliche Genievernichtungsmaschine, eine entsetzliche Talentezertrümmerungsanstalt.
Thomas Bernhard, Holzfällen (1984)

Wien ist ganz oberflächlich wegen seiner Oper berühmt, aber tatsächlich gefürchtet und verabscheut wegen seiner skandalösen Toiletten.
Thomas Bernhard, Alte Meister (1985)

... die Stadt Wien ist eine einzige stumpfsinnige Niederträchtigkeit.
Thomas Bernhard, Heldenplatz (1988)

Wenn man in Wien nach Erdöl bohrt, sprudelt ein Heuriger hervor.
Günter Brus, Nach uns die Malflut! (2003)

WÖRTHERSEE
... es ist ja so schön am Wörthersee, wo die Hotels aus dem Fernsehn ihre eigene Pension in Ruhe verzehren, und wo die Waffen-SS als eine Organisation der Braven und Anständigen vom jetzt sargnagelneu gewählten Politiker einst ausdrücklich belobigt worden ist ...
Elfriede Jelinek, Ein Volk. Ein Fest (1999)

02 MACHTGRAPSCHER UND BLÖDE MINISTER

(Stich-Wörter: Politik / Gesellschaft)

FPÖ
Lieben Sie Scholten, Jelinek, Häupl, Peymann, Pasterk ... oder Kunst und Kultur? Freiheit der Kunst statt sozialistischer Staatskünstler – Die Wiener Freiheitlichen.
Plakatkampagne der *FPÖ* 1995

Die Freiheitliche Partei Österreichs versteht von Kunst so viel wie ein Querschnittsgelähmter vom Stabhochsprung.
Günter Brus, Nach uns die Malflut! (2003)

Partei der Hodengreifer und der Machtgrapscher (sie hupfen nach der Macht wie beim Bratwurstschnappen, alles ein großer Spaß, ob sie sie nun erwischen oder nicht).
Elfriede Jelinek, Ein Volk. Ein Fest (1999)

Sie wirkt, diese Regierung, mitsamt der so genannten stärkeren Regierungspartei, indem sie einfach da ist, sie wirkt, die FPÖ mit ihren Sprüchen, weil sie auf Grund dieser Sprüche nicht denken muss, aber immer etwas zu sagen hat. Sie kotzt uns ihre antisemitischen und menschenfeindlichen Sprüche vor die Füße und geht anschließend woanders hin, wo sie es genauso macht. Ich habe keine Lust mehr, einen Fetzen zu nehmen und dau-

ernd hinter ihnen herzurennen. Aber auch einfach nur da zu sein, nachdem wir schon so oft da gewesen sind, müsste mir, müsste uns eigentlich zu wenig sein, obwohl es auch wieder genügen müsste gegenüber dem Geheul und dem einverständnis-innigen Gegröle und Gegrinse und Gefeixe in ihren Bierzelten und Kurhallen (eine Einrichtung, wo eigentlich etwas gebessert werden sollte, oder?).
Elfriede Jelinek, Rotz. Rede (2001)

FREIE MARKTWIRTSCHAFT
Um die Freiheit der Kunst im Osten ist es schlecht bestellt. Was aber gibt's im Westen zu rühmen? Die freie Marktwirtschaft, in der die Novität von heute der Ramsch von morgen ist.
Ernst Fischer

HAIDER, JÖRG
Glauben Sie, dass Herr Haider, dieser Schäferhund im Maßanzug, tatsächlich reinrassig ist? Wussten Sie, dass Herr Haider in Wahrheit Jiři Haiduschka heißt und aus Treplow in Nordböhmen stammt?
Peter Turrini, Gespräch mit Marion Tiedtke (2000)

Und so ist es einem kleinen, perversen Jungen mit erstarrtem Lächeln, der auf den Namen Jörg Haider hört, gelungen, österreichische Wählerstimmen zu gewinnen, weil er anscheinend der Damenwelt gefällt, sich bei Heimatabenden gut präsentiert und in Discotheken erscheint, umgeben von seinen Mannen, die einer ver-

drängten homoerotischen Gemeinschaft angehören, aber wie normale, junge Männer mit gesundem Gesichtsausdruck wirken.
Elfriede Jelinek (1991)

Der Chef der pseudoliberalen Partei, ein als Provinzdressman getarnter Jungnazi ...
André Heller, Tu felix Austria (1988)

JURIST
Teutsche Richter
Wer zu blöd fürn ärgsten Mist,
wird ein teutscher Sau-Jurist.
Jakob Haringer, Das Schnarchen Gottes (1931)

KREISKY, BRUNO
Der verflixt schlaue Mann, im allerwahrsten Sinne des Wortes ein Vollblutpolitiker, ist heute schon mehr in der Rolle des alternden, selbstgefälligen Staatsclowns, eine Art rührender, wenn auch kostspieliger Charly Rivel, der nur mehr noch in die eigenen, einmal zündenden, jetzt aber schon lange Zeit faulen Tricks verliebt ist. [...] eine süßsaure Art von Salzkammergut- und Walzertito, vor dessen Verschwinden alles Angst hat.
Thomas Bernhard, Leserbrief an »Die Zeit« (1979)

Der Halbseidensozialist, der rosarote Beschwichtigungsonkel und Welt-Handleser zwischen Teheran und New York, zwischen Palma und Unterkleinwetzdorf [...]. Bruno Kreisky, der Sonnenkönig [...], ein Höhensonnenkö-

nig im Pensionisten-Look. [...] Eine echt österreichische Fatalkatastrophe, mit welcher wir fertig zu werden haben. Er ist kein GROSSER Jude, er ist, wir wissen es, kein GUTER Jude. Er ist (schon lange) ein schlechter Bundeskanzler. Eigentlich ein schon über Gebühr strapazierter, längst der Lächerlichkeit anheim gefallener alter, am eigenen Murren würgender sturer Sozimonarch, ein vom jahrzehntelangen Auswaschen schon bis zur Unkenntlichkeit gebleichter ehemaliger roter Raubritter ohne Zähne, der es verdient, dass man ihn, wenn auch behutsam, so doch ohne Rücksicht auf Pseudoverluste, vom Thron wischt.
Thomas Bernhard, Der pensionierte Salonsozialist (1981)

MORITZ, HERBERT
A Soizburger mit an Soizburger Aunzug und an Soizburger Gsicht, der Moritz haaßt, nächstes Moi haaßt er Müller und es is a nix aunders, er is a blöda Minista, i bin a blöda Hund.
Thomas Bernhard, Gespräch in »Frontal« (1985)

Die Primitivität und primitive Arroganz, mit der sich die heute hier in Österreich ungehemmt Macht ausübenden pseudosozialistischen Scharlatane und skrupellosen pseudosozialistischen Staatsgrubenschaufler zu argumentieren getrauen, ist erschreckend.
Thomas Bernhard, (1985)
(Als Antwort auf Äußerungen des damaligen österreichischen Unterrichtsministers Herbert Moritz, der den Autor der »Alten Meister« offenbar der Psychiatrie

anempfahl. Moritz konstatierte: Der Dichter werde »zunehmend zu einem Thema der Wissenschaft, wobei ich nicht allein die Literaturwissenschaft meine.«)

NAZI

Zu den Nazis von heute: Sie sind stromlinienförmig geworden, Konsumisten mit Manager-Coolness, uninformiert über die Vergangenheit, und vom Wunsch nach einem starken Mann beseelt.
Gerhard Roth (1995)

POLITIK

Volksvertreter – Kann nichts vertreten als seine Stiefel.
Johann Nestroy

Solche Menschen sind es auch, denen alle Mittel gelten, und die für das Vaterland, für ihre Familie und für sich selber das Schlechte tun. Solche hat man zu Zeiten, wo sie im Großen wirkten, Staatsmänner geheißen, sie sind aber nur Afterstaatsmänner, und der augenblickliche Nutzen, den sie erzielten, ist ein Afternutzen gewesen und hat sich in den Tagen des Gerichtes als böses Verhängnis erwiesen.
Adalbert Stifter, Der Nachsommer (1857)

Es ist erschreckend, wie viel Gewissenlosigkeit, wie viel Dummheit und Aufgeblasenheit und wie viel Lächerlichkeit im Streite der Parteien zum Vorscheine kommt. Man glaubt's oft kaum, dass es sonst leidlich vernünftige Leute sind: sobald sie auf ihr Kampffeld kommen, sind sie blinde Zänker, Spitzbuben und Toren.
Peter Rosegger

Demokrat = Waschlappen
Monarchie = Weltkrieg
General = Schlachtmeister
Offizier = Henker
Anarchisten = ausgestorbene Edelrasse
Christentum = Munitionsfabrik
U-Boot = Made in Germany
Kriegsanleihe = Massenmordaktie
Kaiser = unnötig.
Albert Ehrenstein

Wer mit Politik sich beschäftigt, ist nicht bloß kein Genießer, sondern fast immer auch irgendwo ein Krüppel. Solltest du aber einen sadistischen Sektor besitzen, den du nicht zu aktifizieren wagen kannst, so schiebe ihn gleichwohl dahin ab. Du wirst ihn hier vollauf und gefahrlos befriedigen.
Walter Serner

Die Minister eines jeden Landes sind Ekelerreger / aber am Ekel erregendsten sind die österreichischen / [...] / und sagen Sie dem Minister / dass er mich am Arsch lecken kann / und sagen Sie der Presse / dass sie mich am Arsch lecken kann / und sagen Sie dem Publikum / dass es mich im Grunde am Arsch lecken kann.
Thomas Bernhard, Claus Peymann verlässt Bochum und geht als Burgtheaterdirektor nach Wien (1986)

... dieser amerikanische Dreckskerl, der englische Kunstturner [...]. Alle diese Verbrechertypen gehören der Generation an, die uns »Make love not war« vorgesungen hat. [...] Nach landläufiger Meinung sind die Krea-

turen, die aus dem Schoß krochen, die Rechtsradikalen. [...] Für mich ist das, was aus dem Schoß kroch, etwas anderes: die Grünen, der Typ, der Bundeskanzler ist, und der Bombenminister. Das ist das grausig-ewige Deutschland.
Peter Handke, Gespräch mit Heinz Sichrovsky (1999)

Treffen ein Politiker und ein Künstler zusammen, so kann man als einzige Selbstverständlichkeit voraussetzen, dass der Politiker keine Ahnung von der zeitgenössischen Kunst im Allgemeinen hat und noch weniger von den Werken des mit ihm zusammengetroffenen Künstlers und dass das Zusammentreffen eine entsetzliche Peinlichkeit ist. Die österreichischen Politiker begreifen nicht den geistigen Raum, die geistige Landschaft, in der sie herumfuhrwerken, sie haben nicht einmal eine Ahnung, dass es sie gibt.
Gerhard Roth, »Was für den einen das Paradies ist, kann für den anderen die Hölle sein« (1987)

REGIERUNG

Lauter unqualifizierte Leute in fast allen Regierungen, das ist immer so gewesen.
Thomas Bernhard, Gespräch mit Krista Fleischmann (1976)

VRANITZKY, FRANZ

Der Herr Vranitzky hat, so scheint es, von Kunst und Kultur keine Ahnung [...] Der Herr Vranitzky ist, wie seine Kollegen, nicht sehr gescheit und er ist genau einer

von jenen dubiosen Nadelstreifsalonsozialisten à la Kreisky, die unseren österreichischen Staat als die Zweite Republik dorthin gebracht haben, wo er heute ist, in der *Senkgrube der Lächerlichkeit* (*Alte Meister!*), an seinem Ende. [...] Minister, wie der Minister Vranitzky, haben von jeher kein Unterscheidungsvermögen gehabt, wenn es ihrem durch und durch opportunistischen Karrierekopf gepasst hat. [...] Der Herr Vranitzky ist ein eitler Geck, der, wie ich festgestellt habe, alle paar Tage die Stallburggasse mit einem Laufsteg und sein Ministerium für Finanzen mit der Behörde für Zensur und Verbot von Kunst und Kultur verwechselt.
Thomas Bernhard, Vranitzky. Eine Erwiderung (1985)
(Als Erwiderung auf einen Hinweis des damaligen österreichischen Finanzministers Franz Vranitzky, dass in Zukunft derartige Ausfälle gegen Österreich wie im Stück »Der Theatermacher« nicht mehr geduldet würden.)

WALDHEIM, KURT

Herr Bundespräsident!
Sie haben die Beteuerung Ihrer Unwissenheit mit der Behauptung vertauscht: das hätten doch *alle* gewusst. – Ihr Verweis auf Weizsäcker stellt den unsittlichen Versuch dar, sich an ihm abzuwischen und ihn zugleich zu besudeln. – Zickzack und Tricktrack Ihrer Rechtfertigung verraten die Neigung zur Geiselnahme. – Sie behaupten, rein zu sein, und drohen uns allen mit der Jauchengrube, darin Sie versinken.
Michael Guttenbrunner, Brief an Waldheim (1988)

Ein Bundespräsident Waldheim wäre, wie keiner seiner

Vorgänger, eine pure Verkörperung jenes erwähnten Falschbildes vom österreichischen Volk; eine Spottgeburt; ein Wiedergänger aus Transsylvanien [...]; ein Sprachunfähiger, welcher das amtliche Sagen hat; ein Gedächtnisloser [...]; ein ewig Unbeteiligter [...]; ein Blickloser [...]; ein Gehörloser, [...] so überdrüssig wie begriffsstützig die Achseln hebend [...] wie es vielleicht verständlich wäre bei einem abgestumpften Gefängnisschließer, nicht aber bei dem gewählten und vereidigten Anwalt eines freien Volkes. [...] Dieser Mann ist die Fleisch, Sehne und Knochen gewordene Sprachstarre. [...] Die gespaltene Zunge ist sein Wappentier.
Peter Handke, Die gespaltene Zunge ist sein Wappentier (1986)

Tritt er [Waldheim] zurück, wird es eine Niederlage der Uneinsichtigen sein, aber nicht ihr Ende. Denn umso emsiger werden sie Legenden weben, Lügengewebe aus einem riesigen Lügenstoff, unter dem ihr ganzes Leben verdeckt liegt. Wenn dieser Stoff eines Tages zur Seite gezogen wird, wird nichts darunter zum Vorschein kommen als Relikte eines großen Verbrechens. Wir werden die Relikte betrachten wie einen Haufen Scheiße ...
Gerhard Roth (1987)

Mich ekelt vor seiner wehleidigen Selbstzufriedenheit. Er ist sein eigener Todfeind. Jeder Tag früher, an dem sich dieser überführte Lügner und Opportunist zurückzieht, ist ein guter Tag für Österreich.
André Heller (1987)

03 VAGINAL-ORTHODOXER KULTURDRECK

(Stich-Wörter: Geschichte / Religion)

CHRISTUS
Dieser verfluchte Christus sagt: Seht die Lilien auf dem Felde. Ich sage: Seht die Hunde auf der Straße.
Raoul Hausmann

GESCHICHTE
Ein schüchterner Blick in die so genannte Geschichte geschickt, beweist, dass mit Aufklärung, geistiger Erziehung und ähnlichen Albernheiten nichts zu machen ist. Einer predigt, wird bejubelt oder bespieen, zum König befördert oder ins Jenseits und alles ist wieder wie zuvor. Ob er nun Jesus, Goethe, Savonarola, Voltaire oder Karl Kraus heißt, ist gleichgültig. Im Grunde waren diese Herren stets ein Malheur. Was heute deutsche Priester oder Mittelschulprofessoren unter diesen wehrlosen Namen in die Gehirne schieben, hat den ganzen Kulturdreck auf dem Gewissen. Hinter Jesus erhob sich der Katholizismus, hinter Goethe der deutsche Oberlehrer.
Walter Serner

GOTT
... aber die Seele
Gott wird's schon wissen
[...] wie er MICH beschissen.
Jakob Haringer, Das Schnarchen Gottes (1931)

Herr Turrini, glauben Sie an Gott? Wie halten Sie es mit der Religion? Was bedeutet Ihnen Ostern?
Ich glaube an Gott, den allmächtigen Vater, Schöpfer des Himmels und der Erde, einschließlich aller Verbrechen, die auf ihr stattfinden. Ich hoffe, dass sich Interpol demnächst mit diesem Mann beschäftigt. Zu Frage zwei: Ich bin vaginal-orthodox. Und die Antwort auf Frage drei lautet: Christuswitze.
Peter Turrini, Die Narrenfreiheit des Kritikers (1974)

Wie kannst du, Gott, wie kannst du / ruhig ansehen das, wie, / wie eines Greises schlaffes Glied, / wie kannst du das nur, wie, war diese Leiche, / locker die Beine im Bereich der Knie / mit Elektrokabel eingeschnürt, / in Kauerstellung, INRI drüber, so als würde sie, / wie kannst du das nur, wie, aus Worten Ziegel, / Steine machen wollen und wie, / wie kannst du, Gott, das ruhig ansehen, / dich am Arsch kratzen dabei?
Franzobel, Luna Park (2003)

KIRCHE

um den fall zu konkretisieren: angeblich verbietet die katholische kirche das lesen der bibel für personen, die dafür keine kirchliche bewilligung besitzen, um missverständnisse und sektierertum zu vermeiden.
Konrad Bayer, religiöser wahnsinn, eine ansteckende krankheit (1964)

KULTUR

Wenn man unsere Kultur betrachtet, diese äußerlich so

sieghafte, innerlich so trostlose Kultur, die aus den Menschen etwas wie Homunkeln macht, dann kann es nicht wundernehmen, wenn ernstere seelisch anspruchsvollere Leute am Ende ihr Heil in der Klosterzelle suchen.
Peter Rosegger

Das, und nur das, ist der Inhalt unserer Kultur: die Rapidität, mit der uns die Dummheit in ihren Wirbel zieht.
Karl Kraus

PRIESTER
Die geniale Idee der katholischen Kirche. Ihre erlauchten Symbole. Die göttliche Gnade und ihre geadelten Träger. Dagegen Pastorenliberalismus, Kompromisslerschweifklemmerei.
Richard von Schaukal

RELIGION
Religion ist Humbug, ein Schwindel. O, mit dem Himmel um die Erde betrogenes Volk!
Albert Ehrenstein

WELT
Es is kein' Ordnung mehr jetzt in die Stern,
D'Kometen müssten sonst verboten wer'n;
Ein Komet reist ohne Unterlass
Und am Firmament und hat kein' Pass,
Und jetzt richt a so a Vagabund
Uns die Welt bei Butz und Stingel z'Grund;

Aber lassen ma da wie's oben steht,
Auch unt sieht man, dass's auf'n Ruin losgeht.
[...] Da wird einem halt angst und bang,
Die Welt steht auf kein Fall mehr lang.
Johann Nestroy, Lumpazivagabundus (1833)

Mich reizt, je abgeklärter ich auch sonst werde, immer die glotzendere Blödheit des Weltbetriebs unserer Epoche, wohl der dümmsten, die je die Welt sah.
Fritz von Herzmanovsky-Orlando

Über dieses Chaos von Dreck und Rätsel einen erlösenden Himmel stülpen!! Den Menschenmist ordnend durchduften!! Ich danke ... deshalb werden Philosophien und Romane erschwitzt, Bilder geschmiert, Plastiken gebosselt, Symphonien hervorgeächzt und Religionen gestartet! Welch ein erschütternder Ehrgeiz – zumal diese eitlen Eseleien durchwegs gründlich (sc. besonders gründlich in deutschen Gauen) missglückt sind. Alles Unfug!!!
Walter Serner

Deshalb ist die Welt voller Gestank, weil alle überall ihre Köpfe entleeren wie Abfallkübel.
Thomas Bernhard, Gehen (1971)

WIEDERGEBURT
Das ist doch ein vollkommener Blödsinn. Das ist für schwache Kasperl wunderbar, aber ich brauch das nicht.
Thomas Bernhard, Gespräch mit Kurt Hofmann (1988)

04 DIE DUMMEN BLÖDEN LEUT

(Stich-Wörter: Mensch / Leben)

ALTER
Wie ist das Alter widerlich und verächtlich! Ohne Selbststrenge in seinem mürben Fleisch!
Sir Galahad

BEWUNDERUNG
Die meisten Leute kommen, wenn sie einmal in die Bewunderung hineingekommen sind, nicht mehr aus der Bewunderung heraus, und sind dadurch stumpfsinnig.
Thomas Bernhard, Alte Meister (1985)

BRUSTKASTEN
Flache Brustkasten und gewölbte Brustkasten sind größere Gegensätze als Goethe und ein Hallstädter Trottel!
Peter Altenberg

ERBEN
Also so betrauern die Erben einen Dahingeschiedenen. Den möchte ich sehen, dem da nicht der Gusto zum Sterben vergeht!
Johann Nestroy

FREUND
Ich hab einmal einen Freund g'habt, und seitdem hab ich gar keine Abscheu mehr vor die Feind!
Johann Nestroy

GAST

Wenn die Gäst' wüssten, wie z'wider sie einem oft sind, es ließ' sich gar kein Mensch mehr einladen auf der Welt.
Johann Nestroy

GESCHWÄTZ

Ein geschwätziger Mann in der Stadt ist erschröcklich und gefährlich, und der Frevel und frech ist in seiner Rede, den hasset man billig.
Abraham a Sancta Clara

GESELLSCHAFT

Es ist besser, einsam sein, als bei übler Gesellschaft sich aufhalten.
Abraham a Sancta Clara

Ja, es gibt Augenblicke, wo mich der Gedanke anwidert, in einer fernen Stadt unter fremdredenden Menschen mich herumzutreiben.
Franz Grillparzer

Mit nichts vergeudet man seine Zeit so wie im anregenden geselligen Verkehr.
Richard von Schaukal

Ich will ja gar keinen Kontakt. Wann hab ich jemals einen Kontakt wollen? Im Gegenteil, ich hab es immer abgelehnt, wenn jemand das wollte. Briefe schmeiß ich sowieso weg, weil es schon rein technisch nicht möglich ist, sich darauf einzulassen, sonst müsste ich es so

machen wie diese Sau-Schriftsteller, die sich zwei Sekretärinnen halten und alles beantworten und jedem Arschloch hinten hineinkriechen mit einem Brieferl.
Thomas Bernhard, Interview mit André Müller (1979)

GLEICHGÜLTIGKEIT
Die Gleichgültigkeit, der innere Tod, ist manchmal ein Zeichen von Erschöpfung, meistens ein Zeichen von geistiger Impotenz und immer – guter Ton.
Marie von Ebner-Eschenbach

JUGEND
Hat sich die Jugend satt genagt an den ihr zum Gegenstande des Spottes und zum Spielzeug gewordenen Werken und der Menschen, dann wird sie verbissen, griesgrämig, und Jungen und Fräulein mit fünfundzwanzig Jahren sind weltsatt.
Peter Rosegger

KIND
Es ist immer eine sonderbare Empfindung, wenn man als so Alter ein kleines Kind betrachtet; unwillkürlich kommt einem die Idee, wie schad es is, dass man auf die Welt kommen is.
Johann Nestroy

Die Kinder sind ja schon deswegen zu bedauern, weil sie einmal groß werden müssen.
Johann Nestroy

Was uns da unter den Füßen herumläuft, mit dem zerrissenen Höslein auf die Gasse, mit dem Büchertäschchen in die Schule, ist oft ein sehr naseweises Gezücht. Sie spötteln und nörgeln und kritteln und dünken sich klüger als die Alten.
Peter Rosegger

Mit dem Kopf wird kein Kind gemacht, [...] und was ohne Kopf gemacht wird und vor allem kopflos gemacht wird, gehört bestraft [...]. Einen Menschen machen, von dem man weiß, dass er das Leben, das man ihm gemacht hat, nicht haben will, [...] denn dass kein Mensch sein Leben, das ihm gemacht worden ist, haben will, stellt sich früher oder später, aber mit Sicherheit bei jedem Menschen, bevor es diesen Menschen nicht mehr gibt, heraus, einen solchen Menschen machen, ist tatsächlich verbrecherisch.
Thomas Bernhard, Gehen (1971)

... weil es ein Irrtum ist, wenn die Leute glauben, sie bringen Kinder zur Welt. Das ist ja ganz billig. Die kriegen ja Erwachsene, keine Kinder. Die gebären einen schwitzenden, scheußlichen, Bauch tragenden Gastwirt oder Massenmörder, den tragen sie aus, keine Kinder. Da sagen die Leute, sie kriegen ein Bauxerl, aber in Wirklichkeit kriegen sie einen achtzigjährigen Menschen, dem das Wasser überall herausrinnt, der stinkt und blind ist und hinkt und sich vor Gicht nicht mehr rühren kann, den bringen sie auf die Welt. Aber den sehen sie nicht, damit die Natur sich weiter durchsetzt und der Scheißdreck immer weitergehen kann. Aber mir ist es ja wurscht.
Thomas Bernhard, Interview mit André Müller (1979)

LEBEN

Leben ist eine schwere Gehirnkrankheit [...], es ist nur noch die Frage, ob es unumgänglich nötig ist.
Albert Ehrenstein

Lieber Gott, such dir einen andern Trottel!
Ach das Leben diese Filzlaus der Seele
Ist bloß ein Gespenst. O das Schrecklichste ist der Mensch
Und moderne Unglücke jagen. Jetzt
Hätt ich grad noch schnell Zeit, um zu sterben, oder
Soll ich lieber einen Cognac saufen?
Jakob Haringer, Das Schnarchen Gottes (1931)

Das Leben besteht aus einer Aneinanderreihung von Blödsinn, wenig Sinn, aber fast nur Blödsinn.
Thomas Bernhard (1988)

MASSE

Den einzelnen Menschen, wie kann man, wie muss man ihn lieb haben; wo er aber in Massen vorhanden ist, wo er sich mit seinen erbärmlichen, dummen Eigenschaften gegenseitig ansteckt und sich zu einem vernunftlosen Riesenungeheuer potenziert, dort ist er für mich ziemlich das Widerlichste, was mir im ganzen Naturreiche passieren kann.
Peter Rosegger

Oaner is a Mensch, mehra sein's Leut, viel sein's scho Viecher.
Peter Rosegger

Die Masse ist widerlich, aber wehe, wir verweigern uns ihr.
Thomas Bernhard, Elisabeth II. (1987)

MENSCHEN

Man glaubt nicht was Affen gibt in dieser Welt,
Von denen die Naturgeschicht kein Wörtel uns meld't.
Johann Nestroy, Der Affe und der Bräutigam (1836)

Ja, es glaubt's kein Mensch, was der Mensch alles braucht, bis er halbwegs einem Menschen gleichsieht. Kurios, der Mensch, heißt es, ist das Meisterstück der Schöpfung, und man muss sich völlig arm zahln an Schneidern, dass man das Meisterstück nur gehörig verstecken kann.
Johann Nestroy

Nur das Skelett am Menschen ist schön. Das Fleisch ist das, was man sich schleunigst abgewöhnen muss!
Peter Altenberg

Der hässliche Mensch – und es gibt entsetzlich viele hässliche Menschen, die mittellosen und die mittleren Klassen bestehen fast durchwegs aus hässlichen Menschen; man betrachte die Passagiere der bescheidenen Fuhrwerke, des Omnibus, der Vergnügungszüge ...
Richard von Schaukal

Es gibt Leute, die sich immer wieder dafür entschuldigen, dass sie auf der Welt sind. Und man findet es auch wirklich immer wieder unverzeihlich.
Richard von Schaukal

Was gehst du auf die Leute,
Die dummen blöden Leut,
Sie sind das schwarze Getreide,
Sie sind das falsche Kleid. [...]
Die Schweine, die sind Schweine,
Das ist ihr ehrliches Sein –
Die Leute aber sind keine,
Sie sind zu blöd und gemein.
Hast du schon einmal am Himmel
So einen Affen gesehn??
Also scher dich nicht um das Gewimmel,
Trink allein deinen Kümmel –
Lass die Bande verschimmeln!
Trau dir und Gott allein
Jakob Haringer, Das Schnarchen Gottes (1931)

Allenthalben zeigen sich Individua, die stänkersüchtig sind, mindest aber sich durch Glotzen lästig zu machen wissen.
Heimito von Doderer

MUTTER
Meine arme Mutter wart' g'wiss schon auf mich. Ich sollt eigentlich bös sein auf sie, weil sie mich geboren hat.
Johann Nestroy

NASE
Wenn ich so ein Riechgerät wie Sie mitten am Kopf hätte, würd' ich mich überhaupt einmauern lassen.
Gustav Ernst

05 EINE VERSAMMLUNG VON UNTALENTIERTEN ARSCHLÖCHERN

(Stich-Wörter: Literatur / Theater / Kino / Kunst)

ABONNENT
Abonnenten sind nicht so leicht zu vertreiben. Es ist zum Staunen, was so ein Abonnent vertragt.
Johann Nestroy

BACHMANN, INGEBORG
Die Bachmann is a arrogante Gurkn.
H. C. Artmann

BALZAC, HONORÉ DE
Ich glaube, der Kerl ist wahnsinnig geworden.
Franz Grillparzer

BECKETT, SAMUEL
Für mich ist Beckett seit 10 Jahren tot, er schickt nur kurze Botschaften aus dem Jenseits.
Thomas Bernhard, Gespräch mit Rita Cirio (1982); *(Samuel Beckett starb tatsächlich 1989; 9 Monate nach Bernhard)*

BEETHOVEN, LUDWIG VAN

Wenn wir Beethovens Musik hören, hören wir mehr Getöse als Musik.
Thomas Bernhard, Alte Meister (1985)

BERNHARD, THOMAS

Ich lass mich doch nicht von einem Proleten so, äh, aber das ist wahrscheinlich schon zu viel gesagt.
Gerhard Lampersberg, im ORF zu seiner Klage gegen Thomas Bernhard wegen dessen Buch »Holzfällen« (1984)

Und der Bernhard, das war der Rilke unten im Saal, immer tip-top angezogen im Anzug, elegant, so lässige Inside. Aber g'mocht hab ich ihn nie, der ist doch allen nur auf die Nerven gefallen mit seinem Gehabe. [...] Wer is der denn, der Bernhard? Aner mit Wimmerln, der rauf will.
H. C. Artmann, Gespräch mit Lukas Lessing (1984)

Es ist Masochismus, wenn in Salzburg ein elitäres Publikum zwei Stunden lang dieser abscheulichen literarischen Onanie zuhört.
Werner Schneyder, über den »Theatermacher« von Thomas Bernhard (1985)

... faschistisch überhebliche Menschenverachtung. [...] Bernhard befriedigt das masochistische Bedürfnis des Spießers. [...] In fünfzehn Jahren hat der Mann absolut keine Geltung mehr.
Werner Schneyder, Gespräch mit Wolfgang Reiter (1999)

... mehr ein Witzel als ein Komiker [...]. Sein entschlossen-demagogisches Erzählen ist für mich form- und sittenverderbend [...]. Leidenschaft ist da null.
Peter Handke, Am Felsfenster morgens (1998)

... diesen eindimensionalen Blödeleien von Thomas Bernhard [...]. Das alles kann ich nur verachten. Das ist weder Literatur noch Theater.
Peter Handke, Gespräch mit Lothar Schmidt-Mühlisch (1987)

Der ist für mich der unfruchtbarste aller Schriftsteller (so viel er auch schreiben mag).
Peter Handke, Gespräch mit André Müller (1988)

... wo er sich [...] zum arroganten, stalinistischen Richter aufspielte, wie in dem Roman »Holzfällen«, in dem er die Figuren schon denunzierte, bevor er ihnen noch in Form eines Todesurteils den Gnadenstoß versetzte.
Gerhard Roth, Bernhard: Zehn Jahre danach (1999)

BRECHT, BERTOLT

Bei seinem Anblick, ganz besonders aber bei seinen gesprochenen Sätzen packte mich jedes Mal die Wut [...]. Ich hielt mich über die Reklamen auf, von denen Berlin verseucht war. Ihn störten sie nicht, im Gegenteil, Reklame habe ihr Gutes. Er habe ein Gedicht über Steyr-Autos geschrieben und dafür ein Auto bekommen. Das war für mich, als käme es aus dem Munde des Teufels. Mit diesem Geständnis, das er wie eine Prahlerei vorbrachte, schlug er mich nieder und brachte mich zum

Schweigen. Kaum hatten wir ihn verlassen, sagte Ibby: »Er fährt gern Auto«, als wäre es nichts.
Elias Canetti, Das Augenspiel (1985)

Auch Brecht ist kein großer Dramaturg, auch wenn Strehler ihn liebt. Er hat seine Zeit gehabt; er hat sein Bestes in den 30er Jahren gegeben. Seine Figuren sind verstaubte Marionetten. Er ist ein Goldoni aus Holz.
Thomas Bernhard, Gespräch mit Rita Cirio (1982)

CANETTI, ELIAS
Das ist nicht auszuhalten.
Franz Werfel

Er gehört zu jenen, die zwar ungeniert und ohne Rücksichtnahme auf andere austeilen, aber auch nicht die geringste Kritik einzustecken bereit sind. Vor einer Weile habe ich den dritten Band seiner Autobiografie gelesen und war entsetzt: Er erweist sich darin als wirkliche Giftspritze.
Hilde Spiel, Gespräch mit Robert Schediwy (1988)

Canetti, Aphorismus-Agent der Jetzt-Zeit, [...], der vor rund vierzig Jahren eine begabte Talentprobe als fantastische »Blendung« abgelegt hat, ruft sich, sozusagen als selbstinszenierte »Komödie der Eitelkeit«, in einem Anfall von akuter, sicher aber doch galoppierender Senilität auch noch zum (einzigen) Dichter aus! Senilität ist rührend, die Arroganz eines Greises, Spätlingsvaters und skurrilen Torschlussphilosophen, der, wie gesagt, vor vierzig Jahren eine begabte Talentprobe abgelegt und in der Zwischenzeit als eine Art Schmalkant und Klein-

schopenhauer durch Inkonsequenz konsequent an Niveau verloren und [...] in tatsächlich dummen Sätzen schamlos auch seinen Kopf auf nichts gestutzt hat, ist peinlich. Oder auch nur grotesk.
Thomas Bernhard, Leserbrief an »Die Zeit« (1976)
(Als Antwort auf Elias Canettis Rede »Der Beruf des Dichters« in München 1976, in der er, in Anspielung auf Thomas Bernhard, der sagte, er sei nur »Jemand, der schreibt«, diesen »Dichtern« Misstrauen entgegen bringe, da sie »statt zu verstummen, immer wieder dasselbe Buch [schrieben]«)

Der Canetti ist ja auch so blöd.
Thomas Bernhard, Gespräch mit Kurt Hofmann (1988)

DANTE ALIGHIERI
Das berühmte Sonett Dantes, worin er seinen Traum erzählt, könnte, wie mir deucht, nicht unglücklicher erfunden sein. Das Ganze in ein Sendschreiben einzukleiden ist nicht bloß läppisch, sondern zeigt auch, dass der Dichter dabei nichts empfand.
Franz Grillparzer

Die scholastisch zerebralen Ästhetenhimmel und pedantischen Sadistenhöllen eines monoton klangreichen Lyrikers.
Albert Ehrenstein, Menschen und Affen (1926)

DICHTER
Wenn ich nur die Dichter, die die Wiesen einen Blumenteppich, die den Rasen rasenderweise ein schwellendes

grünes Samtkissen nennen – wenn ich nur die drei Stund lang barfuß herumjagen könnt' in der so vielfältig und zugleich einfältig angeverselten Landnatur – ich gebet was drum.
Johann Nestroy

Die kindischen Dichter mit ihrem Glück, mit ihrer Liebe, mit ihrer Weibestreue, mit ihrer Mutterliebe! Es gibt kein Glück, es gibt keine Treue, es gibt nicht einmal Mutterliebe.
Robert Hamerling

Lese in das Buch eines berühmten Dichters, unter uns wandelnd noch. Und wahrscheinlich noch lange. Wieder nur ein Dichter der Information, ein Journalist der Gefühle. Wie so viele. Wie fast alle. Der Großteil dieser Spezies kommt mir vor wie läufige Hunde, gierig und rastlos auf der Suche nach dem Orgasmus. Wenig denken, viel rammeln. Rammeln sich ihre PCs voll, das jährliche Kind steht im Regal.
Alexander Widner, Gegen Tagesende (2000)

Ich scheiße darauf, ob ich ein Dichter bin oder nicht. Ich bin ein sprachempfindlicher Mensch, und vielleicht bin ich ein Gerechtigkeitsidiot. Das Problem ist, dass keiner bei meinem Text bleibt, und sogar ich bin schon so blöd, dass ich davon abweiche. Nicht indem ich mit Ihnen rede, aber indem ich ab und zu so einen Blödsinn sage. Aber ich sage das gern. Mancher Blödsinn verstärkt die Wahrheit.
Peter Handke, Gespräch mit dem Kriegsreporter Gabriel Grüner (1996)

DODERER, HEIMITO VON

Sein peinlich bösartiges Gesicht, das eine seltsame Ähnlichkeit mit Nestroy hatte, wurde durch seine übertriebene Höflichkeit nicht erträglicher. Seine Fratze und sein Reden widersprachen einander. [...] Das waren keine Künstlerhände, das waren keine eleganten oder edlen Hände, das waren hässliche Auswüchse, die man nicht wie das Gesicht durch Reden oder Lächeln verschleiern konnte. Die Hände waren einfach ordinär. [...] Jahrelang bin ich fast wöchentlich bei Gütersloh im Café Museum gesessen, wo ich auf den mir unsympathischen Altnazi und Antisemiten Doderer, der Gütersloh als seinen Meister verehrte, zum Vergnügen des Meisters schimpfen durfte, so viel ich wollte.

Hermann Hakel, Dürre Äste. Welkes Gras (1991)

ELIOT, T. S.

Es wird sehr schwer sein, Eliot zu fassen, wie er wirklich war, nämlich abgrundschlecht. [...] Sein geizig-minimales Werk (alle Spucknäpfchen des Versagens). [...] Das ist ihm so sehr gelungen, dass er sich im Alter die impotenten Stücke erlauben konnte, die nicht nur in Deutschland ernst genommen wurden.

Elias Canetti, Party im Blitz (2003)

FREUD, SIGMUND

Eine Mischung aus Talmud und Junggesellenliteratur.

Egon Friedell

... der Freud war selber verschroben. Er war ein mittel-

mäßiger Schriftsteller und hat halt etwas in Gang gesetzt.
Thomas Bernhard, Gespräch mit Kurt Hofmann (1988)

FRIEDELL, EGON
Herr Friedell, über dessen »Kulturgeschichte« schon viel gelacht worden ist und dessen Humor immer nachdenklicher stimmt [...]. Ich stehe denn auch nicht an, zu bekennen, dass ich diese Mischung aus einem Lustigmacher, dessen Witz für den Radius eines Zuckerkandltees gerade noch genug Schlagkraft hat, und einem unbotmäßigen Seminaristen, der den Professor Maikäfer ins Kollegheft legt, immer sehr pikant gefunden habe. [...] Als Komiker kann ich ihn nicht einmal ernst nehmen, sondern nur als Alkoholiker.
Karl Kraus

GEORGE, STEFAN
Sie halten George für einen großen Dichter. Ich für einen großen Taschenspieler. Es ist nicht die Zeit, Respekt vor einem Kerl zu bezeugen, der uns einen großen Teil der Scheiße eingebrockt hat, erhabene Scheiße meinetwegen.
Joseph Roth

GERMANISTEN
Die Aasgeier und Germanisten mästen sich von den Leichen der Klassiker, niemand scheucht die Hunde und Fliegen, tausendmal wird ihr Leichnam um ihre Geburtsstädte geschleift, niemand löst ihn aus, um ihn

ehrlich zu bestatten. Die germanistischen Hof- und Geheimräte leben tausendmal besser als die Lessinge und Altenberge ihrer Zeit. Man gibt ihnen goldene Rektorsketten und sie hängen sich nicht daran auf.
Albert Ehrenstein

GOETHE, JOHANN WOLFGANG VON

Goethe ist im Grunde nichts anderes als der Heilpraktiker der Deutschen, der erste deutsche Geisteshomöopath. Das ganze deutsche Volk nimmt Goethe ein und fühlt sich gesund. Aber Goethe ist ein Scharlatan, wie die Heilpraktiker Scharlatane sind, und die Goethe'sche Dichtung und Philosophie ist die größte Scharlatanerie der Deutschen. Allen verdirbt er den Magen, nur den Deutschen nicht, sie glauben an Goethe wie an ein Weltwunder. Dabei ist dieses Weltwunder nur ein philiströser philosophischer Schrebergärtner. Seine Theaterstücke sind gegen die Stücke Shakespeares beispielsweise so gegeneinander zu stellen wie ein hoch gewachsener Schweizer Sennhund gegen einen Frankfurter Vorstadtdackel.
Thomas Bernhard

GRAZER AUTORENVERSAMMLUNG

Sehr geehrter Herr Dr. Temnitschka,
ich nehme seit über zehn Jahren weder Preise noch Titel an und naturgemäß auch nicht Ihren lächerlichen Professorentitel. Die Grazer Autorenversammlung ist eine Versammlung von untalentierten Arschlöchern.
Mit freundlichen Grüßen
Ihr *Thomas Bernhard*

(Antwort auf den Antrag der Grazer Autorenversammlung, für Bernhard den Professoren-Titel zu erwirken, 1986)

GRILLPARZER, FRANZ

Keines der Grillparzerdramen, so außerordentlich sie zur Unterlage einer hohen Schauspielkunst taugen mochten [...], wäre im Stande, einer lesenden Nachwelt die Überzeugung beizubringen, dass der Versuch, den Himmel Griechenlands über den Wienerwald zu wölben, geglückt sei. Sein Epigramm ist Einfall ohne Durchbruch; seine Lyrik kommt, da Gedanken von mäßigem Eigenwuchs in einer überkommenen, wenngleich gut gehaltenen Sprache die äußere Gewandung finden, überhaupt nicht in Betracht.

Karl Kraus

Man vergesse doch nicht, wenn man die Bedeutung Grillparzers bestimmt, dass zu jener Zeit schon Flaubert, Balzac, Dostojewskij schufen, und dass die deutsche Entwicklungslinie bei Grillparzer um eine Phase hinter der Welt zurück war [...] Man bemerkt nicht, wie kurios überhaupt schon die Frage ist, ob irgendeiner der drittgrößte deutsche Dichter sei, und wie sehr uns das Verkleinerungschronoskop unserer Art, künstlerische Leistungen zu betrachten, an der Erkenntnis hindert, dass der Geist der Gegenwart dem brav erhabenen Biedermeier aus der Zeit des guten Kaisers Franz doch eigentlich gefährlich nah geblieben ist. Diesem Monarchen war der Dichter Wurst, und uns ist er Aufschnitt.

Robert Musil

HANDKE, PETER
... Handke ist ein intelligenter Bursche, und ich möchte keines seiner Bücher geschrieben haben, aber alle meine.
Thomas Bernhard, Gespräch mit Erich Böhme und Helmuth Karasek (1980)

Nehmen Sie den Handke, und setzen Sie ihn da her. Dann rennt er nach drei Tagen weinend zu seiner Tochter. So ist das.
Thomas Bernhard, Gespräch mit Kurt Hofmann (1988)

Der Schriftsteller Handke, damals ein extravertierter, publikumsbeschimpfender Radaubruder, verschwand sogar auf Nimmerwiedersehn in seinem Inneren.
Michael Scharang, Das Geschwätz von der Identität (1993)

HAUPTMANN, GERHART
Das Ewig-Klassische zog ihn hinab. Aus dem Titanen ward ein Würdepopo.
Albert Ehrenstein, Menschen und Affen (1926)

HEBBEL, FRIEDRICH
In jedem Dichter ist ein Denker und ein Künstler. Hebbel ist der denkenden Aufgabe vollkommen gewachsen, der künstlerischen aber gar nicht. Oder mit anderen Worten: Der Gedanke macht sich bei ihm nicht im Eindrucke geltend, sondern in der Reflexion.
Franz Grillparzer

HEGEL, GEORG WILHELM FRIEDRICH

Ich fand Hegel so angenehm, verständig und rekonziliant, als ich in der Folge sein System abstrus und absprechend gefunden habe.

Franz Grillparzer, Selbstbiografie (1853)

HEINE, HEINRICH

Ohne Heine kein Feuilleton. Das ist die Franzosenkrankheit, die er uns eingeschleppt hat. Wie leicht wird man krank in Paris! Wie lockert sich die Moral des deutschen Sprachgefühls! Heinrich Heine hat der deutschen Sprache so sehr das Mieder gelockert, dass heute alle Kommis an ihren Brüsten fingern können. Mit leichter Hand hat Heine das Tor dieser furchtbaren Entwicklung aufgestoßen.

Karl Kraus

HELLER, ANDRÉ

Ausgerechnet André Heller tat sich hervor, jemand also, dessen bisherige Arbeit eine einzige Vorarbeit für eine zukünftige faschistische Ästhetik ist. Früher Schlagersänger, jetzt Kulturindustrieller, gelang es ihm, die berufliche Tätigkeit zum Nebenberuf und die pausenlose Reklame, in Wirklichkeit sei er Künstler, zum Hauptberuf zu machen. [...] Den Führer, der nicht Politik macht, sondern kraft der Vorsehung führt, gab es bereits; dank Heller gibt es nun auch den Künstler, der gerade dadurch, dass er Kunst nicht ausübt, Kunst ist. Das Artefakt Heller braucht Politik nur zu berühren, schon ist sie ästhetisiert.

Michael Scharang, Auf zum letzten (Lichter)Scheingefecht (1993)

HENISCH, PETER
Was ist ein Tratschroman? Peter Henischs Roman »Der Mai ist vorbei« soll nur eines von zahlreichen Beispielen sein: Als sich nach Erscheinen einiger Bücher noch immer kein Tratschkolumnist gefunden hatte, dem dies Anlass genug wäre, den Namen Henisch prominent den Personen näher zu bringen, schrieb Henisch ein neues Buch, in dem er sich einen solchen Tratschkolumnisten selbst produzierte: Dieser heißt »Ich« und tratscht aus dem Leben Peter Henischs ...
Robert Menasse, Die sozialpartnerschaftliche Ästhetik (1990)

HOCHHUTH, ROLF
Ich bin begeistert von Hochhuth, persönlich. Es ist grauenhaft, was er schreibt.
Thomas Bernhard, Gespräch mit Erich Böhme und Helmuth Karasek (1980)

HOFMANNSTHAL, HUGO VON
Herr von Hofmannsthal, dem frühzeitig die Mittel dazu geboten waren, hat sich bis heute als Goethenatur in engeren Kreisen gut bewährt.
Karl Kraus

Der simuliert Goethe, stellt sich Shakespeare. Wie sich Wehrlose in Volksschullesebüchern aastot stellen, so gibt sich Hofmannsthal lebendiger als er ist, mimt Euripides, damit ihn der Bär »Zeit« nicht verschlinge, möchte gern von den Großen in die Ewigkeit mitgenommen werden.
Albert Ehrenstein, Menschen und Affen (1926)

Die verwaschenen Allegorien des Spiels, seine auswechselbaren Symbole, seine ineinander schwimmenden Bedeutungen und Bedeutsamkeiten; all dies besteht nur vor einer völlig unkritischen, auf selige Infantilität eingestellten Hörerschaft, [...] vergessen wir nicht, es ist ein Spiel für Schlichtgläubige und deren Vorstellungswelt gemäß.
Alfred Polgar, Salzburger Großes Welttheater

JANDL, ERNST
Das lehne ich völlig ab. Das sind Schullehrertypen, die sich auch nie trennen können von ihrem Geschäft. Die können sich auch den Einsatz gar nicht leisten, sich in etwas einzulassen.
Thomas Bernhard, Gespräch mit Erich Böhme und Helmuth Karasek (1980)

JELINEK, ELFRIEDE
Für Elfriede Jelinek ist das Glied eines Mannes eine Knackwurst.
Günter Brus, Nach uns die Malflut! (2003)

So mancher Kommunist im Osten
verliert heut seinen fetten Posten.
Bei uns im Westen allerdings ist
es noch recht nützlich, wenn man links ist.
Ist man zum Beispiel Schreiberin,
bringt Marx noch Kapitalgewinn.
So lebt Elfriede Jelinek
als wie die Made in dem Speck.
Sie ist als Kummerl so exotisch,

so in'tressant pervers-erotisch
und schöpft sogar aus ihrem Frust
der Auflagzahlen höchste Lust.
Wolf Martin, In den Wind gereimt (»Kronen Zeitung«, 1989)

Einst stand's auf Toiletten nur –
Heut nennt der Peymann es Kultur.
Einst putzte es die Klofrau weg –
Heut feiert man Frau Jelinek.
Einst galt so manch Genie als Lümmel –
Heut hebt man Lümmel in den Himmel
und preist dieselben, weil sie mies,
schon eo ipso als Genies.
Wolf Martin, In den Wind gereimt (»Kronen Zeitung«, 1994)

JOURNALISTEN

An dem Tisch wird Whist gespielt – 's is merkwürdig, dass das geistreiche in England erfundene Spiel den gleichen Namen mit dem dümmsten Menschen von Wien hat!
Johann Nestroy, im ersten Akt der Erstaufführung seines Stückes »Zu ebener Erde und erster Stock« (1835); der beleidigte Journalist Whist klagte Nestroy, der daraufhin zu fünf Tagen Arrest verurteilt wurde, die er vom 16. bis 21. Jänner 1836 »absaß«.

Die Presse hat durch jahrzehntelange Übung die Menschheit auf eben jenen Stand der Fantasienot gebracht, der ihr einen Vernichtungskrieg gegen sich selbst ermöglicht.
Karl Kraus

[Ist] der Journalismus ein Terminhandel, bei dem das Getreide auch in der Idee nicht vorhanden ist, aber effektiv Stroh gedroschen wird.
Karl Kraus

Wir leiden unter Journalisten: Wichtern und Stänkerern, die sich als Dichter und Denker gebärden, unter Sophisten, die sich als Propheten ausschreien, unter als Erlösern etablierten Profitjuden. Kritikastern, in immer gerührtere Bewunderung ihrer Perücken versunken, lassen kein gutes Haar an Anderen, die eigenes haben. Affen vorm Spiegel. [...] Von wem red ich? Von dem Gesindel, das, wenn es nicht grad Zeitungen liest, sie abschreibt. Es sind Reklamehelden, Statthalter Fatzkes auf Erden. Diese affigen Snobs haben blaublütigen Afters das goldene Kalb des Adels angebetet, jetzt verehren sie – ob sie nun in den Spiegel blicken oder nicht – plebejisch sich: ein papierenes Schwein.
Albert Ehrenstein

Die Zeitungen schreiben Unrat / die Zeitungsredaktionen in Österreich / sind ja nichts als skrupellose / parteiorientierte Schweineställe.
Thomas Bernhard, Heldenplatz (1988)

Sie ersparen sich Unsummen für Tabletten / wenn Sie sich schon in der Frühe gleich / der »Kronen Zeitung« und dem »Kurier« ausliefern / das bringt den Blutkreislauf schon in der Frühe zur Raserei / von der »Presse« rede ich nicht / dieses verkommene Blatt ist mit zehn Schilling / selbst als Schlafmittel viel zu teuer.
Thomas Bernhard, Heldenplatz (1988)

Die »Zeit« ist eine maßlos dumme Zeitung geworden, wieder, muss ich dazu sagen, eine burschikose, wo die Gemeinheit triumphiert, das ist alles sehr schwierig. Und der »Spiegel«, das ist ja der größte Abschaum, den es überhaupt gibt. Das sind die Leute, die, in Schillingen ausgedrückt, in Milliarden schwimmen und gar nicht wissen wohin damit. Da sind Chefredakteure, die Jahreseinkommen haben wie fünfmal der Bundespräsident bei uns, aber die Armen aufputschen, das Volk aufputschen, immer gegen die Oberen sein ...
Thomas Bernhard (1988)

In Österreich gibt es die vertrotteltste Presse der Welt, [...] ein einziger Sumpf.
Peter Handke (1969)

Sie sind ein Depp. [...] Sie sind ein Spinner.
Peter Handke, Gespräch mit André Müller (1988)

Gehn Sie nach Haus mit Ihrer Betroffenheit. Stecken Sie sich diese in den Arsch!
Peter Handke zum »News«-Reporter Karl Wendl, nach dessen Vorwurf, Handke würde mangelnde Betroffenheit gegenüber der jugoslawischen Bevölkerung während des Krieges zeigen (1996)

Was soll denn das jetzt? Gehen Sie sich doch ficken!
Peter Handke, Interview im »Stern« (2002)

Das österreichische Pressewesen fusioniert sich mit der Toilettenpapierindustrie. Die Ärsche der Mitbürger werden gebildeter.

Peter Turrini, Manifest der österreichischen Kulturnebolution (1973)

Die Hälfte der scheinbar lesefähigen Bevölkerung dieses Landes wird mit »Staberl« zugekleistert. Ich sage absichtlich »scheinbar« – denn zu glauben, was in der »Kronen Zeitung« steht, hat mit Lesefähigkeit im engeren Sinn nicht viel zu tun. Diese Gläubigkeit ist die eigentliche Gefahr des Populismus und schlimm für das Land.
Elfriede Jelinek (1995)

JÜNGER, ERNST
Wir wollen uns auf die Frage der Bedeutung Jüngers gar nicht einlassen. Gesetzt den Fall, er hätte wirklich eine – aber er ist ein Tor, ein Barbar und ein Verworrener – man müsste ihn entweder gar nicht zur Kenntnis nehmen oder in zwei wegwerfenden Sätzen abtun.
Joseph Roth

KAISER, GEORG
Rasch tritt der Tod die Dichtung an. Gestern noch war dieses »Gas« eine Sache von übermorgen, heute schon ist sie eine Sache von vorgestern. Wie die Zeit vergeht!
Alfred Polgar, Kaiser

KANT, IMMANUEL
Lesen Sie Kant eindringlich und immer noch eindringlicher und Sie werden einen Lachkrampf bekommen.
Thomas Bernhard, Alte Meister (1985)

KINO

Aber über das deutsche Volk ist der idiotische Irrsinn der zahllosen Kabaretts, Coupletkneipen, Animierdielen verhängt. Kein Geschmacksrat erbarmt sich des Kinos, langweilige und verlogene Filme verbietend; so darf das Kinozeros auch weiterhin den Geschmack zertrampeln, die Volksseele verkitschen. Man will nicht zur Besinnung kommen, sucht im Höllenlärm des Vergnügens, der zeittötenden Unterhaltung, Selbstvergessenheit, Opium, Lethe. Das Rülpsen und Schnarchen der Biertrinker übertönt die schwachen Atemzüge des Geistes.
Albert Ehrenstein

Kunstkonserve ohne Vitamine.
Fritz von Herzmanovsky-Orlando

KRAUS, KARL

Er ist ein toller Schwachsinniger.
Sigmund Freud

Kraus ist die Erlöserfigur; dadurch dass Kraus da ist u. schimpft, ist alles wieder gut. Das objektivierte schlechte Gewissen. Natürlich ist diese Wirkung nicht günstig. Kraus' Kriegsgegnerschaft ist moralisch ebenso steril wie die Kriegsbegeisterung.
Robert Musil, Tagebücher (1926)

Psychoanalytisch gesehen, stellt sich der Intelligenzplebejer – den ich hier in seiner wienerisch-österreichischen und vorwiegend mosaischen Ausgabe definieren will [...], als ein mit unangenehmen Familienkomplexen

beschwertes Wesen dar, aus dem Dunst der engen Stube stammend, nicht so sehr voll der edlen Liebe des freien Menschen als voll dieser falschen, verkrüppelten Mitleidsliebe des Menschen, [...] der an das Kreuz der »Mischpoche« geschmiedet ist.
Anton Kuh, Der Affe Zarathustras

KRITIKER

... boshafte, federgeile, geistig impotente Schreiberknechte ...
Peter Rosegger

Nullen – man mag sich mit ihnen abfinden, es gibt so viele. Aber eine Null – und frech dazu, das ist der Recensent.
Arthur Schnitzler, Aufzeichnungen und Aphorismen (1915)

Wenn man Schuster wird, muss man sein Handwerk können. Wird man ein Schneider, braucht man seine Lehrzeit ebenso, dergleichen der Baumeister, der Advokat, der Arzt, sogar der Richter. Nur der Kritiker und der Politiker müssen nichts gelernt haben, nichts wissen, nichts können. Sie fallen vom Himmel und zersitzen mit ihrem dummen Hintern die Werte der Welt.
Albert Drach

Reich-Ranitzki (Trottel)
Raddatz (Feind)
Walter Jens (beschränkt)
Grass Günther (eingleisig)

Mayer (redegewandt, aber doch beschränkt)
Rühmkorf (Depp)
Konrad Bayer, Notizen auf dem Umschlag eines Briefes von H. C. Artmann anlässlich des Treffens der Gruppe 47 in Sigtuna (1964)

Wie viele Kritiker braucht man, um alle Autoren zu vernichten?
Günter Brus, Nach uns die Malflut! (2003)

Stückeschreiber werden unmodern. Schauspieler finden kein Engagement mehr. Intendanten werden abgesägt. Der Kritiker, Papst und Hure des Marktes, bleibt oben. Ihm kann nichts passieren. Er hängt seinen Arsch immer in den Wind, den er selbst erzeugt hat.
Peter Turrini, Die Narrenfreiheit des Kritikers (1974)

KÜNSTLER

Die österreichische zeitgenössische Kunst ist so billig, dass sie nicht einmal unsere Scham verdient.
Thomas Bernhard, Alte Meister (1985)

Die Bekleckerung des anderen, dessen Vernichtung bedeutet die eigene Erhebung. Das wird systematisch betrieben. Nur wenn die anderen Ratten an der Bassena verschwinden, hat die überlebende eine Chance auf Unsterblichkeit.
Gerhard Roth (1990)

KULTURLEBEN
... jenem Gangstersyndikat, [...] das sich österreichisches Kulturleben nennt ...
Michael Scharang, Literaturtratsch (1993)

KUNST
Wir sahen in neuester Zeit nackte Bilder von so großer Hässlichkeit menschlicher Körper, dass man allerdings versucht ist zu glauben, der Künstler wollte durch die Abschreckungstheorie sittlich wirken. Wenn euch die Schönheit verführt, mochte der Sezessionist denken, gut, so sollt ihr die Hässlichkeit haben!
Peter Rosegger

Der Gestank der Menschen ist echt, nur ihre Düfte sind falsch: Kunst.
Albert Ehrenstein

Die Kunsthistoriker sind die eigentlichen Kunstvernichter. [...] Die Kunst ist das Höchste und Widerwärtigste gleichzeitig.
Thomas Bernhard, Alte Meister (1985)

Kunst ist, wenn man genial verblödet.
Günter Brus, Nach uns die Malflut! (2003)

LESER
Wo sind denn die Leute, die das Epische vertragen können? Das Lesefutter muss wie Schweinefutter stets kurz zerhackt sein. Ist einmal ein ganzer Halm dabei von der

Wurzel bis zur Ähre, ein ordentlich gegliederter und behaglich hingelegter Sprachsatz, oder eine Begebenheit in ruhiger und lückenloser Ausführlichkeit dargestellt – da spucken sie, das ist ihnen zu langweilig.
Peter Rosegger

LITERATUR
nebenan ist das mistbeet des schlechtverdauten surrealismus – die musterschüler von kalkvater grillparzer wohnen im gartenhäuschen.
Konrad Bayer, situation der österreichischen literatur der gegenwart (1964)

Es ist, als hätten sich seit hundert Jahren nur mehr noch die Provinzler an der deutschen Literatur vergriffen. Eine Provinzliteratur haben wir heute, keine andere.
Thomas Bernhard, Auslöschung. Ein Zerfall (1986)

Der Trick der österreichischen Literatur: Deutsch falsch zu schreiben.
Günter Brus, Nach uns die Malflut! (2003)

Ich bemerke, dass in der gegenwärtigen deutschen Prosa eine Art Beschreibungsimpotenz vorherrscht. Man sucht sein Heil in einer bloßen Beschreibung, was von Natur aus schon das Billigste ist, womit man überhaupt nur Literatur machen kann. [...] Es ist eine ganz, ganz unschöpferische Periode in der deutschen Literatur doch hier angebrochen, und dieses komische Schlagwort vom »Neuen Realismus« wird von allerlei Leuten ausgenützt, um doch da irgendwie ins Gespräch zu kommen,

obwohl sie keinerlei Fähigkeiten und keinerlei schöpferische Potenz zu irgendeiner Literatur haben. [...] Das Übel dieser Prosa besteht darin, dass man sie ebenso gut aus einem Lexikon abschreiben könnte. Man könnte den Sprachduden, diesen Bilderduden verwenden und auf die einzelnen Teile hinweisen. Und dieses System wird hier angewendet und es wird vorgegeben, Literatur zu machen, was eine völlig läppische und idiotische Literatur ist. [...] und die Kritik ist damit einverstanden, weil eben ihr überkommenes Instrumentarium noch für diese Literatur ausreicht, gerade noch hinreicht, weil die Kritik ebenso läppisch ist wie diese läppische Literatur.
Peter Handke, Statement bei der Gruppe 47 in Princeton (1966)

Der Nachteil bei großer Literatur ist, dass jedes Arschloch sich damit identifizieren kann.
Peter Handke, Das Gewicht der Welt (1977)

MANN, THOMAS
Ich wusste ja, dass er ungebildet ist, ich wusste ja, dass er dumm ist, aber ich wusste nicht, dass er so albern sein kann.
Hugo von Hofmannsthal

Tatsächlich ist Thomas Mann gleich Goethe nicht an unglücklicher Liebe gestorben, sondern sitzt als wohlbestallter Nobelpreiskegler frohgemut in Amerika und schneidet lustig Pfeifen im Rohr und erzählt hart gesotten als leichtfertiger Exschopenhauerianer französisch

amüsante Gräuelgeschichten voll ulkigen Schabernacks aus dem götterreichen Indien der Brahmanen.
Albert Ehrenstein, Zu Thomas Manns »Die vertauschten Köpfe« (1940)

Eine Huldigung Thomas Manns [...] beschäftigte sich eigentlich weniger mit Grillparzer als mit dem Zustande Thomas Manns, der zwischen Aufstehn im Hotel und Abgang des Zugs, wie er sagte, nicht in der Lage war, seine Gedanken so zu ordnen, wie er es gewohnt sei, und in der Tat eigentlich nur einige ausgekämmte Haare seiner schönen Prosa auf dem Grab Grillparzers niederlegte.
Robert Musil (1932)

Gegen Th. Mann ließe sich einwenden, dass er an einen Knaben erinnert, der onaniert hat und später Familienvater wird [...] Und was tut sein Sorgenkind Castorp in all der Zeit am Zauberberg? Offenbar hat er masturbiert!
Robert Musil, Tagebücher

Wenn ein Thomas Mann als der größte deutsche Schriftsteller dieses Jahrhunderts gilt, dann hat doch das Schreiben überhaupt keinen Sinn. [...] Diese Prosa ist völlig verdorben. Ein schrecklich schlechter Schriftsteller ist das.
Peter Handke, Gespräch mit André Müller (1988)

MAUTHE, JÖRG

Ihr Heft [...] trieft vor Dummheit und Scheinheiligkeit, und es halten sich in ihm, klassisch österreichisch,

Scheinheiligkeit und Dummheit die Waage [...]. Gegen diesen unlauteren Schwulst, den Sie in Ihren Heften gesammelt haben, gibt es leider nichts.
Thomas Bernhard, Antwort auf die Anfrage um einen Beitrag für das »Wiener Journal« (1981)

MENASSE, ROBERT
Menasse ist ein mittelmäßiger Schriftsteller und charakterlich ein Intrigant. Er agiert hinter den Kulissen nach klassischer Wiener Intrigantenmethode.
Gerhard Roth (1995)

MILLER, HENRY
Henry Miller wurde zensuriert, aber der Pavian durfte ungeniert vor den Kindern im Zoo onanieren.
Günter Brus, Nach uns die Malflut! (2003)

MUSIL, ROBERT
Er ist ein König im Papierreich.
Hermann Broch

... der »Mann ohne Eigenschaften« ist für mich ein bis in die einzelnen Sätze größenwahnsinniges und unerträglich meinungsverliebtes Werk.
Peter Handke, Gespräch mit André Müller (1988)

NESTROY, JOHANN
... denn das ist eben das Arge, dass Nestroy wirklich

etwas Talent hat, es aber nicht brauchen will, indem er sich vorgenommen zu haben scheint, es nur auf die schlechteste, nichtswürdigste Weise zu vergeuden.
Julius Seidlitz, Die Poesie und die Poeten in Oesterreich im Jahre 1836 (1837)

... dass Nestroy keine Handlung erfinden könne, hat er oft bewiesen, auch das, dass er eine dargebotene nicht zu verarbeiten versteht, heute hat er auch dargethan, dass er nicht weiß, was dramatische Handlung ist, die Novelle ist ihm über den Kopf gewachsen und mit seinem Verstande davongelaufen. [...] man behellige nicht mit derlei Machwerken das Publicum.
Johann Nepomuk Vogl, Besprechung des Stücks »Rudolph, Prinz von Korsika« (1841)

Der erste Akt ist *gemein*, der zweite *langweilig* und der letzte *verworren*.
Anonyme Kritik zu Nestroys »Nur Ruhe!« (1843)

POESIE
Ich hasse und hasste diese falsche, erlogene »Decadence«, die ewig mit sich selbst coquettiert; ich bekämpfe und werde immer bekämpfen: die posierte, krankhafte, onanierte Poesie!
Karl Kraus, Brief an Arthur Schnitzler (1893)

PREISE
Literaturpreise sind ein zweischneidiges Schwert: Mit der einen Schneide wird der Autor geadelt, mit der andern wird ihm der Kopf abgeschlagen.
Michael Scharang, Literaturtratsch (1993)

PUBLIKUM
Ein feiges Publikum aber erzeugt endlich notwendig eine unverschämte Literatur.
Franz Grillparzer

REICH-RANICKI, MARCEL
Reich-Ranicki fühlt sich als Sprecher *des* Lesers, so wie etwa das Bürgerliche Gesetzbuch der Sprecher des ordentlichen Durchschnittsmenschen ist. Bei diesem Leser ist Reich-Ranicki sicher: Wenn er etwa schreibt (in fast jeder Besprechung), es gehe in der Literatur nicht darum, Wirklichkeit mitzuteilen, sondern sie zu »vergegenwärtigen«; wenn er (in fast jeder Besprechung) zur Beurteilung eines Autors Sätze dieses Autors entweder über eine seiner Personen oder über einen anderen Autor auf den Autor selbst anwendet, dann kann er der Zustimmung des ordentlichen Durchschnittslesers sicher sein [...], da er selber, auf Grund eines völlig indiskutablen, schon seit langem mechanischen Vokabulars statt mit Urteilen nur mit Vorurteilen arbeitet, kann er sich auf die Vorurteile aller Welt getrost verlassen. In seiner Manier: Er vergegenwärtigt zumindest temperamentvoll. [...] Reich-Ranicki ist der unwichtigste, am wenigsten anregende, dabei am meisten selbstgerechte deutsche Literaturkritiker seit langem.
Peter Handke, Marcel Reich-Ranicki und die Natürlichkeit (1968)

Ich glaube, dass ihm der Geifer noch immer von den Fangzähnen tropft. Ein besonderes Phänomen ist auch, wie oft diese Groteskgestalt parodiert wird. Ich kenne

viele, die finden ihn amüsant. Die haben gar keinen Stolz. Die sagen, wenn der einmal stirbt, wird man das sehr bedauern. Dem kann ich nicht beipflichten.
Peter Handke, Gespräch mit André Müller (1988)

REZENSENTEN

Mein nächstes Buch lassen Sie bitte gleich von einem natürlich auch in Oberösterreich geborenen oder ansässigen Schimpansen oder Maulaffen besprechen.
Thomas Bernhard, Leserbrief an den »Spiegel« (1967) nach einem hämischen Verriss des österreichischen Schriftstellers Herbert Eisenreich von Bernhards »Verstörung« im »Spiegel«

ROTH, GERHARD

Die von Roth praktizierte Verklitterung von verstreuten Informationssplittern, die als Sammlung individueller Eindrücke zuverlässige Abbildung suggerieren sollen, ist jene Form literarischer Zuverlässigkeit, die heute längst als Fassadenreportage zum Geschäft der Presse geworden ist.
Robert Menasse, Die sozialpartnerschaftliche Ästhetik (1990)

Der in langen Jahren von österreichischen Schriftstellerinnen und Schriftstellern aufs mannigfachste variierten österreichkritischen Fertigteilpreisrede hat Gerhard Roth ihre dauerhaft gültige Gestalt gegeben, seine Fertigteilpreisrede ist, in Marmor gehauen, das Monument einer Gesinnung: Hier spricht das gnadenlos Gute. Das gnadenlos Gute ist der hysterische Hausarzt Österreichs. Es

reagiert auf akustische Symptome, rülpst das Land oder plagen es Winde, so ist es zur Stelle und diagnostiziert: Pest, denn andere Krankheiten als solche zum Tode kennt es nicht. Sein Wunsch ist nicht zu helfen, es will retten, rücksichtslos, und wenn es das eigene Leben kostet. [...] Um nichts als die Wahrheit geht es ihm, die *unbequeme Wahrheit über Österreich* soll ans Licht, selbst wenn man dazu Lüge auf Lüge türmen muss.
Antonio Fian, Der hysterische Hausarzt Österreichs (1992)

ROUSSEAU, JEAN-JACQUES
Die verbissene Humorlosigkeit, die allen Geisteskranken eigentümlich ist, verbindet sich in ihm mit dem dumpfen und schwerfälligen Ernst des Plebejers, der alles eindeutig, alles buchstäblich, alles kompakt nimmt. Was seinen moralischen Charakter betrifft, so war er so abscheulich, dass es schon aus diesem Grunde ganz unmöglich ist, ihn unter die Genies zu rechnen. Das Phänomen Rousseau bezeichnet den Einbruch des durchtriebenen Plebejers – geschwätzig und theatralisch, aufdringlich und falsch sentimental – in die Weltliteratur.
Egon Friedell

SCHARANG, MICHAEL
Zu Scharang ist nichts zu sagen, so ein unempfindliches Zeug: Er repetiert nur Ergebnisse, statt auch nur eine mögliche Strategie anzudeuten, mit der man zu diesen Ergebnissen kommt. So bleibt das Ganze eine edle, ein wenig stumpfsinnige und sicher richtige Deklamation.

Ebenso kann man ja das Lied von der Glocke aufsagen. [...] Dieses normative, versumpfende, abstumpfende Gerede! Dabei noch Sprachpolizist wie ein öder Karl Kraus sein wollen, wenn er von meinem »seltenen Deutsch« redet: Achtung, Achtung, Sprachpolizei! Sozialistisch ist das mitnichten, was der da schreibt [...]. Eine Revolution ist wohl nötig, aber keine, behüte, von fruchtlosen ehemaligen Literaten.
Peter Handke (1969)

SCHAUSPIELER
Einen unsäglich läppischen Eindruck machen auf mich die Bilder von Schauspielern, die diese wahrhaftig entbehrlichen Mitmenschen in ihren Rollen zeigen.
Richard von Schaukal

Ein talentierter Schauspieler / ist so selten wie ein Arschloch im Gesicht / Diese Feststellung hat Pirandello gemacht / aber vielleicht habe ich sie selbst gemacht.
Thomas Bernhard, Der Theatermacher (1984)

SCHNEYDER, WERNER
Nachdem ein drittklassiger Kabarettist, der vor Jahren mit ebenso drittklassigen Theaterstücken auf dem Salzburger Landestheater gescheitert ist, in einer so genannten Fernsehdiskussion gegen die Aufführung meines *Theatermachers* während der Salzburger Festspiele auf eben demselben Salzburger Landestheater vor Hunderttausenden von Zuschauern einen Wutanfall bekommen hat, hat sich der jetzige Finanzminister Vranitzky die

opportunistische Dummheit dieses Kabarettisten zu Eigen gemacht ...
Thomas Bernhard, Vranitzky. Eine Erwiderung (1985);
(Als Reaktion auf kritische Äußerungen des Kabarettisten Werner Schneyder; Schneyder empfahl daraufhin, Bernhard »so viel Subventionen zu geben, dass er endlich aufhört zu schreiben«)

SCHNITZLER, ARTHUR
... helfen hundert Assoziationen, die schon durch hundert Hände gegangen sind, und ein Hautreiz genügt, um den, der am Grinzinger Bachl spazieren geht, zum Dichter zu machen. Der Dichter vor dem Leben hat leider einen schwereren Stand, und ihm ist es geradezu überlassen, alles, was noch nicht ist, zum da Gewesenen zu steigern. Was haben die Laubsägearbeiten dieser Schnitzler und Abschnitzler mit dem Chaos zu schaffen? [...] Herr Zweig kennt sich aus und hat ganz Recht, wenn er Schnitzler von dem Drang zur Geldverdienerei, zur Journalistik und zur Gesellschaftlichkeit ausnimmt. Es ist nur die Frage, warum die neue Generation, die zu all dem inkliniert, die es weiß, und die ihr Ende bei der Neuen Freien Presse voraussieht, sich nicht lieber umbringt, und was Schnitzler anlangt, so ist gewiss zum Lobe seiner Person zu sagen, dass er sich nie um jene zweifelhaften Subsidien mangelnder Persönlichkeit umgesehen hat, sondern dass sie von selbst zu ihm gekommen sind.
Karl Kraus, Schnitzler-Feier (1912)

SCHREIBEN

So grauslig das Beschriebene is', so ist's ein Genuss, das zu schreiben. Wenn's einem gelingt. [...] Ich brauch überhaupt nix erfinden. Die Wirklichkeit ist viel scheußlicher.
Thomas Bernhard, Ansichten eines unverbesserlichen Weltverbesserers (Niklas Frank, 1982)

Ein Hund sucht ja auch einen Baum oder eine Hausmauer, wenn er pisst. Wenn man schreiben will, ist es ähnlich, wie wenn man Wasser abschlägt. Dann sucht man so etwas, und meistens pisst man sich selber an, weil das das Naheliegendste ist.
Thomas Bernhard (1988)

SCHRIFTSTELLER

Unter hundert heute landläufigen Schriftstellern kann kaum einer Deutsch. Sie machen Fehler wie die Buben in der ersten Gymnasialklasse und *merken es nicht*. Sie merken es nicht einmal bei anderen: ein Zeichen, dass ihre »stilistischen Ohren« verstopft sind. Aber es braucht einer nur seine Worte einige Jahre hindurch anders zu stellen, als es die Syntax gebieterisch fordert: er imponiert, zumal da ihn die andern »Verbrecher aus verlorener Ehre« darum preisen.
Richard von Schaukal

Davon, dass ein Schriftsteller nicht leben kann, leben hundert andere Leute ausgezeichnet.
Robert Musil

Ausgefressene Schriftsteller gehen in die Gefängnisse / und lesen den Gefangenen ihren verlogenen Dreck als Kunstwerke vor.
Thomas Bernhard, Heldenplatz (1988)

Laufend krieg ich da Einladungen zu Kongressen ... Das sind so Allerweltstreffen, wo sich ihresgleichen treffen. Acht Tag' fressen sie sich an, sie kriegen ein Auto mit Chauffeur zur Verfügung, sie haben ein Appartement im Palace Hotel bestellt ... Bei denen, die PEN-Club-Kongresse machen zu Hunderten, Sie werden mich dort nirgends finden. Weil das ja alles ein Unsinn ist und weil's Wurscht ist, ob diese Leute sich in Moskau ansaufen und anfressen oder in New York. Oder auf den Philippinen oder in Nicaragua. Das sind alles grauenhafte Leut', die mit sich selbst nicht zu Rande kommen.
Thomas Bernhard (1988)

In keinem Land treten die Schriftsteller einander so sehr als Feinde gegenüber wie in Österreich. [...] Auch wenn man das Wiener Geschnörkel abzieht, das oft Literatur mit Getändel verwechselt, gibt es noch viel zu lesen.
Peter Handke, Österreich und die Schriftseller (1974)

Die heutige Zeit ist bestimmt von Schriftstellern, die dauernd in dieser Rolle auftreten. Sie reißen auf Kongressen ihre Meinungsmäuler auf, fahren überall hin, kreuz und quer durch Europa, haben ihre Gewährsleute, die ihnen alles erzählen über die Länder, damit sie Stellung nehmen können zum Eurokommunismus, zur Perestroika und allen möglichen Dingen. Uniformierte

Menschen sind das. [...] Gespornt und gestiefelt staken sie durch diese schöne, unschuldige Landschaft.
Peter Handke, Gespräch mit André Müller (1988)

Schriftstellerversammlungen sind mir ein Gräuel.
Peter Handke, Gespräch mit André Müller (1988)

Der nicht dichtende Dichter ist in Österreich der beliebteste. Er lebt von Subventionen, die ihm ein Beirat zuspricht, in welchem lauter österreichische Literaturbeurteiler sitzen. Seine einzige Verpflichtung besteht darin, jenes Projekt, für welches er das Geld bekommen hat, unter keinen Umständen zu realisieren.
Peter Turrini (1992)

SHAKESPEARE, WILLIAM

Die letzten dieser Sonette (so wie die 6 oder 8 ersten) sind wieder an ein Frauenzimmer gerichtet. Sie sind aber auch die schlechtesten, spitzig und kalt. Man merkt aus ihnen, dass das Frauenzimmer nichtsnutzig war und Shakespeare alt; also auch wieder eine widerliche Empfindung. Man sollte überhaupt diese Sonette auf sich beruhen lassen. Sie können Shakespeares Ruhm nichts beifügen und, aufs Beste gedeutet, nur Bedauern erwecken. Vor allem soll man sie nicht übersetzen. Man überlasse sie den Literatoren, deren Straußenmagen alles verdaut.
Franz Grillparzer

SUBVENTIONEN

Wie ja überhaupt der ganze heutige Subventionsdampf zum Himmel stinkt! Dichter und Schriftsteller gehören nicht subventioniert [...], sondern sich selbst überlassen.
Thomas Bernhard, Zu meinem Austritt (aus der Deutschen Akademie für Sprache und Dichtung, 1979)

THEATER

Beim Theater kann Ihnen ein einziger Lump den ganzen Weg zum Publikum verstellen. Die Operettenleute jetzt: Wie sie huschen und zischeln und Ränke schmieden, um den Volksstückdichter nicht aufkommen zu lassen! Was es beim Theater für Trugschleicherei gibt, davon haben Sie keine Ahnung.
Ludwig Anzengruber

Man nenne sich ein Theater und sei doch nichts als Schwachsinn und Schweinerei, nichts als kopfloser Mimenunrat usf. [...] Verglichen mit dem Wirtshaustheater auf dem Land, sei das Theater in allen Städten allabendlich die Inszenierung eines vorgeschichtlichen Leichnams, [...] auf allen Bühnen (auch auf dem Burgtheater, dem Inbegriff von Provinz!) herrsche das Königreich des Dilettantismus. Wo Dummheit und Hochmut zusammen den Vorhang aufmachen, sei das Theater tot und auf der Bühne ein fauler Witz. Aus der Bühnenöffnung käme nichts als der üble Mundgeruch des Bürokratismus ...
Thomas Bernhard (1949)

[...] / Der Schreiber ist verlogen / die Darsteller sind ver-

logen / und die Zuschauer sind auch verlogen / und alles zusammen eine einzige Absurdität / ganz zu schweigen davon / dass es sich um eine Perversität handelt / die schon Jahrtausende alt ist / das Theater ist eine jahrtausendealte Perversität / in die die Menschheit so vernarrt ist / und deshalb so tief in sie vernarrt ist / weil sie in ihre Verlogenheit so tief vernarrt ist / und nirgendwo sonst in dieser Menschheit / ist die Verlogenheit größer und faszinierender / als auf dem Theater.
Thomas Bernhard, Der Theatermacher (1984)

Der Peymann ist halt auch umgeben von lauter Idioten, muss sich einlassen mit politischen Leuten, weil er sonst einpacken und morgen wegfahren müsst'. Das ist doch alles scheußlich. Der muss mit lauter Leuten essen gehen, die einem die Schuhe ausziehen, und ist von lauter Hemmschuhen umgeben, von lauter Arschlöchern, die sich wie Blei dranhängen, und die nur Schmalz um den Mund schmieren. Das ist doch alles furchtbar in Wien.
Thomas Bernhard, Gespräch mit Kurt Hofmann (1988)

TURRINI, PETER
[Sie] beschreiben die Perfidie des Wiener Kleinbürgers, die subtile Bösartigkeit hinter der Idylle vom Gurkenglasl und einem Packerl Germ, so wie der Herr Karl. Oder sie schmeißen mit entschlossenen Prankenhieben den Dreck aus den düsteren Provinzschlafzimmern hoch in die Luft, so wie der Turrini, der sich auskennt.
Elfriede Jelinek, Der Turrini Peter (1980)

VERLEGER
Man muss an Napoleon mit Sympathie denken: Er hat einen deutschen Verleger erschießen lassen.
Alexander Roda Roda

WELTLITERATUR
Wenn einer nur eine gute Seite geschrieben hat, oder zwei gute Seiten, muss man schon damit rechnen, dass er unsterblich wird und jeder andere Scheiß von ihm mitgezogen wird wie ein Kadaver. Das heißt dann Weltliteratur.
Peter Handke, Gespräch mit André Müller (1988)

WERFEL, FRANZ
Meine Schwierigkeit: Was habe gerade ich in einer Welt zu bestellen, in der ein Werfel Ausleger findet!
Robert Musil, Tagebücher (1930)

Ich hasse Werfel, nicht weil ich ihn beneide, aber ich beneide ihn auch. Er ist gesund, jung und reich, ich in allem anders.
Franz Kafka

Es fiel mir ein, dass sein Mund dem eines Karpfens glich und wie sehr sein glotzendes Auge dazu passte. [...] Auch ich war sonst nicht auf den Mund gefallen, aber beide schwiegen wir, konzertergeben, und vielleicht war schon in dieser ersten Begegnung unsere Feindschaft entschieden, mit der er auf das Schwerste in meinem Leben eingegriffen hat, seine Feindschaft und mein Widerwille.

[...] Er empfand alles als wichtig, was von ihm kam, das Dümmste klang so eindringlich wie das Ungewohnte und Überraschende. [...] Seine Lobesworte hielt er für Menschenliebe. [...] Er schwappte über von Gefühl, es gluckste in ihm, dick wie er war, von Liebe und Gefühl, kleine Teiche davon erwartete man auf dem Boden, um ihn zu finden und war beinahe enttäuscht zu sehen, dass es um ihn so trocken blieb, wie um andere.
Elias Canetti, Das Augenspiel (1985)

WILDGANS, ANTON
Ich habe 1931 Wien verlassen, weil Rot und Schwarz darin einig gewesen sind, in Wildgans einen großen österr. Dichter verloren zu haben.
Robert Musil, Tagebücher (1937)

06 DAS SEXUALGESETZ DER WIEDERKÄUER

(Stich-Wörter: Sex / Ehe / Liebe)

EHE

Ja, wo zehen Ehen gut, so seind darfür wohl hundert bös, voraus in großen Städten.

Abraham a Sancta Clara

Es heurathet einer a Madel mit Geld
Von der halben Million nit a Groschen ihr fehlt,
A jeder, der d'Sach überhaps nur betracht,
Wird sagn, der Mensch hat ein unsinnigs Glück gmacht;
Doch darf er vom Geld keinen Kreutzer anrührn,
Er darf ihr nur helfen d'Interessen verziehrn,
Für das muss er kuschen, sie übt Tirannei –
So is überall halt a Umstand dabei.

[...] Man will meinen Lebensfaden mit Liebesgarn vermankelt einfadeln, und den Ehstandsknopf dran machen, dass er nicht mehr aus kann. Das wollen wir uns erst überlegen. Die Lieb is a Spagat, der die Herzen, der Ehstand ein Strick, der die Händ zusammbindt. Der Spagat, der lässt sich noch zerreißen, aber der Strick – nein, nein! – da soll sich eher die schiefrige Junggesellschaft wickeln, eh mich in einer unüberlegten Heirath das Schiffseil der Desparation festhält.

Johann Nestroy, Die beiden Nachtwandler oder Das Nothwendige und das Überflüssige (1836)

Eine Ehe unter heutigen Umständen ist bedenklich. Das Weib hat Emanzipationsgelüste, will Mann sein. Mann ist der Mann selber, wozu sollen zwei Männer zusammenheiraten?
Peter Rosegger

Wir leben in einer Zeit der Ehebruchriecherei. Die haben wir noch von dem französischen Lustspiel und auch von der modernen Literatur.
Peter Rosegger

Die Liebe ist die Konzentration des Lebens. Aber die Ehe ist das Konzentrationslager der Liebe. [...] Die Einehe ist das Sexualgesetz der Wiederkäuer, verdauungsschwacher, verlogener Wiederkäuer.
Albert Ehrenstein

FRAU

Die sagt immer: Es schickt sich nicht, geht aber doch wieder in die Laube, das is classisch.
Johann Nestroy, Einen Jux will er sich machen (1842)

Kaum eine Frau unter hundert hat gute Füße.
Richard von Schaukal

Die Frauen haben keinen Kunstbegriff / den Frauen fehlt / gänzlich alles Philosophische [...] / Bemühungen in diese Richtung ja / aber vergeblich / nicht ernst zu nehmen.
Thomas Bernhard, Der Theatermacher (1984)

Thomas erklärte mir, dass er sofort eine Frau nehmen

würde, aber die müsste sein wie eine Magd. Über zehn Minuten lang, wie schon öfter, zählt er alles auf, was bei ihm eine Frau nicht machen oder sein dürfte. So eine Frau, wie sie sein Großvater gehabt hat, so eine würde er brauchen. Die hat aufgerieben (wöchentlich den Holzfußboden), konnte Gäste empfangen, erledigte unangenehme Behördengänge, hat gute Briefe geschrieben, hat es erduldet, dass der Großvater eine Woche nichts mit ihr gesprochen hat, ohne nach dem Grund zu fragen, na und drei Kinder haben sie halt gehabt miteinander. Das möchte ich ja auch haben, eine fürs Bett, aber dann hätte ich an allem anderen sicher so viel auszusetzen, dass ich sie am zweiten Tag ausjagen würde. Eine Frau für mich, die gibt es nicht. Oder es wäre alles aus. Ich könnte dann halt nichts mehr schreiben.
Karl Ignaz Hennetmair, Ein Jahr mit Thomas Bernhard (2000)

HURE
Im Separee gibt es auch Huren mit geschlossenen Unterhöschen, die sie nicht ausziehen! Das sind die allergemeinsten Huren! Erstens schwächen sie den Mann, statt ihn zu befriedigen. Zweitens erpressen sie ihn in der falschen Hoffnung auf »ein nächstes Mal« ungeheuer viel Geld und Schmuck. Zum Schluss findet sich der Unglückselige ab – / – in seiner eigenen aufgeschlossenen Hose!
Peter Altenberg

LIEBE

Ein Dieb ist gewest Judas, weil er Geld gestohlen; eine Diebin ist gewest die Rachel, weil sie ihrem Vater die goldenen Götzenbilder gestohlen; ein Dieb ist gewest der Achan, weil er bei Eroberung der Stadt Jericho neben anderen einen Mantel gestohlen; aber noch ein größerer Dieb ist die Lieb, denn diese stiehlt den Menschen gar die Vernunft und macht sie zu einem Narren: »Amantes, amantes«.
Abraham a Sancta Clara

LIEBESBRIEF

Liebesbriefe sind *die* Dummheiten.
Walter Serner

MANN

Die Männer sind blöde – sie möchten in einer Viertelstunde erreichen, wozu 10000 Stunden nötig wären! Und dann sagen sie, dass wir keen Herz haben, während sie man bloß keene Zeit haben!
Peter Altenberg

SEXUALITÄT

Quelle des größten Jammers auf Erden ist doch dieser dunkle, heiße Trieb zur Erhaltung!
Karl Emil Franzos

Ich verstehe nicht, wie man homosexuell sein kann. Das Normale ist doch schon unangenehm genug.
Egon Friedell

07 VON TRACHTEN-WASTLN UND LOTTODEPPEN

(Stich-Wörter: Alltag / Kulinarisches / Dinge / Körper)

ABSCHIED
Ich empfinde es immer als Anmaßung, wenn ein Jemand zu mir »auf Wiedersehn« sagt. Es ist ein Wunsch, der auf Gegenseitigkeit rechnet.
Richard von Schaukal

ÄRZTE
Kaum haben sie ihren Doktorgrad, sind sie nichts als eine rücksichtslos in Gemeinheit und Niedertracht dampfende Geldmaschine im Ärztekittel.
Thomas Bernhard, Watten (1969)

ALKOHOL
Die Trunkenheit ist eine Schand; dann beschau du nur einen vollen Zapfen: Erstlich hat er ein Gesicht wie ein preußisch Leder – dort ist Bacchus natürlich in Kupferstich getroffen; die Nasen tröpflet wie ein zerlochter Schleifkübel; die Augen verkehrt er wie ein abgestochner Bock; das Maul geifert wie ein schmutziger Schaumlöffel; die Zung ist erstarret wie ein Nudelwalker; die Stimm bommert wie eine Regimentstrommel; die Füß gehen wie eine Garnhaspel; die Gebärden sind also beschaffen, dass er von jedermann für einen Narren aus-

gelachet wird. Die Trunkenheit ist ein Schad; dann sie frisst und verzehrt die Mittel.
Abraham a Sancta Clara

AUTO
Das Zeug tat einen Ruck und rollte davon wie der Satan, wenn er die arme Seele hat. Das ist wieder einmal so ein moderner Faustmantel, auf dem man lustig in die Hölle fährt.
Peter Rosegger

BILDUNG
Wie das Zwielicht unheimlicher ist als die Nacht, so ist die halbe Bildung verderblicher als die Unwissenheit.
Karl Emil Franzos

Wie widerlich ist der Eindruck des verwahrlosten, schmutzige Wäsche, üble Ausdünstungen, vertretenes Schuhwerk, unzusammenhängende Kleidungsstücke an sich duldenden »Gebildeten«.
Richard von Schaukal

Sie haben ja Lücken in Ihrer Unbildung!
Leo Perutz

ERFAHRUNG
Was die meisten ihre Erfahrung nennen, ist die leidige Tatsache, dass sie noch immer da sind.
Richard von Schaukal

ERNÄHRUNG
Wozu ernähren sich eigentlich die Leute? Schade um all die Kälber, den herzigen Salat, von den Radieschen ganz zu schweigen. Das ist doch bei weitem erfreulicher als der Zellhaufen: Regierungsrätin Dostal, oder Herr von W., oder Frau Dr. K., in den es sich dann umsetzen muss.
Sir Galahad

FEUERWEHR
Die Feuerwehrleute ruinieren mehr, als sie nützen.
Thomas Bernhard, Das Kalkwerk (1970)

FLEISCH
Immer noch bauen die Menschen ihre Leiber mit der vergiftenden Todesangst röchelnder Tiere auf und haben die Stirn, von Ästhetik zu reden!
Sir Galahad

GASTHAUS
Eine gefüllte Wirtsstube, welch ein brodelnder, brauender Menschenhaufen: kauen, nagen wie Affen, saufen wie Ochsen, grölen in der Brunst wie Hirsche und Schweine, lauern wie Hyänen – eine wahre Menagerie für Fremde.
Peter Rosegger

GENDARMERIE
Wie wird man Gendarm? Indem man nicht weiß, was ein Gendarm ist.
Thomas Bernhard, Frost (1963)

HOTELGÄSTE

Hotelgäste ekeln mich an, alle zusammen. Ich kann ihre Physiognomien nicht ertragen. Ich sehe ihnen niemals ins Gesicht. Aber mit ihren Schuhen muss ich mich, Gott sei's geklagt, abgeben – das genügt. Da habe ich sozusagen den Ausdruck ihrer läppischen Existenzen in den Händen. Es ist so widerwärtig, wie wenn ich ihre Gesichter in die Hand nehmen müsste. Wie die Idioten laufen sie einer hinter dem andern her und vertreten dabei in idiotischer Weise ihr Schuhwerk. Als ob alle ihre Wichtigtuerei etwas anderes wäre als der bare Blödsinn. Das kann einem schwer etwas anderes als den tiefsten Ekel einflößen ... Haben Sie noch nie von einem gehört, der sich aus Widerwillen über den gemeinen Anblick solchen Schuhwerks den Hals durchrasiert hat?
Hugo von Hofmannsthal

LOTTO

Die Trafik voll gestopft mit Lottodeppen, die Hoffnung glotzt ihnen aus den Augen.
Alexander Widner, Gegen Tagesende (2000)

MEHLSPEISEN

Man frisst sich viel mehr zu Tode, als man sich zu Tode sauft! Alkohol ist ein sichtbares, erkennbares, spürbares Gift, aber die Wiener Mehlspeisen sind ein unkenntliches, heimtückisches Gift, unter den verräterisch-appetitlichen Namen: Tatschkerln, Fleckerln, Wuchterl, Strudel, Erdäpfelnudel, Rahmstrudel, Dalken, Palatschinken, Omelette.
Peter Altenberg

NATUR

Sag mir ein Land, wo ich was Neu's seh'; wo der Wasserfall einen andern Brauser, der Waldbach einen andern Murmler, die Wiesenquelle einen andern Schlängler hat, als ich schon hundertmal g'sehn und gehört hab – führ mich auf einen Gletscher mit schwarzem Schnee und glühende Eiszapfen – segeln wir in einem Welttheil, wo das Waldgrün lilafarb, wo die Morgenröthe paperlgrün ist! – Lassts mich aus, die Natur kränkelt auch an einer unerträglichen Stereotipigkeit.

Johann Nestroy, Der Zerrissene (1844)

REISEN

Wenn einer eine Reise tut, glaubt er davon erzählen zu dürfen!

Richard von Schaukal

SCHULE

Ein Mittel durch die Schule die Jugend in dauernder Unbildung zu halten.

Albert Ehrenstein

Die so genannten Mittelschulen und vor allem die so genannten Gymnasien dienen eigentlich immer nur der Verrottung der menschlichen Natur, und es ist Zeit, darüber nachzudenken, wie diese Verrottungszentren abgeschafft werden können, wo sie doch abgeschafft werden müssten, weil sie längst als Verrottungszentren der menschlichen Natur erkannt sind, und sie sind als solche bewiesen, die so genannten Mittelschulen gehörten

abgeschafft, die Welt wäre besser daran, wenn sie diese so genannten Mittelschulen, Gymnasien, Oberschulen etcetera abschaffte und sich nur mehr noch auf die Elementarschulen und auf die Hochschulen konzentrierte.
Thomas Bernhard, Die Ursache (1975)

SELBSTMORD
Es gibt wohl viele, die ganz stolz den Selbstmord eine Feigheit nennen, sie sollen s' erst probieren, nachher sollen's reden.
Johann Nestroy

TANZ
Es ist aber solches Tanzen und Lust darzu nichts anders als eine Anzeigung äußerster Leichtfertigkeit, Zunder zu aller Üppigkeit, Reizung zur Unzucht, der Schamhaftigkeit zuwider, der Ehrbarkeit abhold und so weiter.
Abraham a Sancta Clara

TECHNIK
Der »Siegeslauf der Technik« hat uns alle mechanisiert, also verdummt.
Egon Friedell

TRACHT
Die Tracht ist für mich eine gräuliche Uniform, die das nationale unterstreicht. Typische Trachten-Wastln: Nenning, Waechter, Brandauer.
Gerhard Roth (1991)

Der Lederhosenmief ist das Kennzeichen des deutschen Sprachraums. Dieses Trachtenzeug zielt, ganz im Sinne der Nazis, auf Verewigung.
Elfriede Jelinek (1991)

UNIVERSITÄT
Die Universität ist ja auch voller Idioten / steiermärkische Trottel, salzburgische Idioten als Kollegen / Von meinen Kollegen sind ja neunzig Prozent Nazis / hat der Vater gesagt / entweder sie vertreten den katholischen / oder den nationalsozialistischen Stumpfsinn / gemein und niederträchtig sind sie alle.
Thomas Bernhard, Heldenplatz (1988)

WITZ
pfui deife, deine witz
hom ned amoe an schlitz
wo rä einegräun kunt
vua dän schdinkadn mund
Ernst Jandl, stanzen (1992)

WOHNUNG
»Wohnlich« ist der Dachsbau, der Bienenkorb, der Ameisenhaufen, aber nicht die modernen Wohnungen!
Peter Altenberg

REGISTER